OBRAS DE FRANZ KAFKA

1. CARTA A MEU PAI
2. A METAMORFOSE
3. AMÉRICA
4. CONTOS ESCOLHIDOS
5. A MURALHA DA CHINA
6. CARTAS A MILENA
7. A COLÔNIA PENAL
8. O PROCESSO
9. O CASTELO
10. DIÁRIOS
11. O COVIL

O COVIL

Obras de
FRANZ KAFKA

Vol. 11

Tradução e prefácio de
JOÃO GASPAR SIMÕES

Capa de
CLÁUDIO MARTINS

EDITORA ITATIAIA
Belo Horizonte
Rua São Geraldo, 67 - Floresta - Cep.: 30150-070 — Tel.: (31) 3212-4600
Fax.: (31) 3224-5151

FRANZ KAFKA

O COVIL

EDITORA ITATIAIA
Belo Horizonte

2001

Direitos de Propriedade Literária adquiridos pela
EDITORA ITATIAIA
Belo Horizonte

Impresso no Brasil
Printed in Brazil

ÍNDICE

Prefácio	9
O Covil	15
O Médico de Aldeia	57
Chacais e Árabes	64
A Colónia Penitenciária	69
O Veridictum	102
Reminiscência do caminho de ferro de Kalda	115
O Solteirão	127
O Mundo Citadino	151
Tentação Aldeã	157

PREFÁCIO

Conhece-se mal entre nós Franz Kafka. Não admira. Entre nós a cultura francesa é tudo, e enquanto esta não nos proporciona o conhecimento de autores de línguas pouco divulgadas no nosso país, raramente vamos ao seu encontro, prestando-lhes a atenção que merecem. Foi ainda através da França que o autor de O Castelo chegou até nós, posto a primeira biografia do estranho escritor checo, traduzida na Inglaterra, ainda não tenha aparecido em edição francesa. Refiro-me à obra de Max Brod, o amigo de Franz Kafka, que por assim dizer permitiu que este caso extraordinário da literatura moderna não desaparecesse mesmo antes de revelado.

Com efeito, é hoje do conhecimento de todos que Franz Kafka, judeu checo, veio ao mundo em Praga a 3 de julho de 1883 e faleceu no sanatório de Kierling, nos arredores de Viena de Áustria, a 3 de junho de 1924. Pertenceu, pois, de certo modo à literatura de língua alemã, uma vez que escreveu as suas obras no idioma de Goethe e não falta, mesmo, quem o julgue diretamente influenciado pelo expressionismo germânico e a geração intelectual alemã de 1918-21, geração revolucionária por excelência. Em sua vida publicou uma coleção de apontamentos em prosa sob o título de Betractung (A Contemplação), bem como o primeiro capítulo do seu romance Amerika. E pouco mais. No entanto em 1915 obtinha um prêmio literário: o Fontanepreis. Quer dizer que não passara completamente ignorado no seu tempo, embora nenhum dos seus contemporâneos, a não ser Max Brod, se haja dado conta da importância e significado da sua obra.

Com efeito, quando adoece, em 1916, para morrer oito anos depois tuberculoso, Franz Kafka entrava numa fase da sua vida que remataria a série de abdicações e de conflitos sob cujo signo vivera. O conflito com o pai e a comunidade israelita, o problema do casamento e a doença, eis os três pontos capitais da sua biografia diretamente relacionados com o curso que tomou a sua obra e a atitude que o escritor assumiu à hora da sua morte.

É neste aspecto que o seu amigo Max Brod desempenha um papel importante e talvez sem precedentes na história da literatura universal. Tendo-lhe recomendado, já moribundo, que destruísse a maior parte da sua obra — aquela, pelo menos, ainda inédita — não lhe obedece, e ao contrário dos desejos do escritor, é ele próprio quem dá à estampa, alguns anos depois, os documentos literários que tornariam conhecido no mundo inteiro o autor de O Processo.

De fato, inéditos encontravam-se, entre numerosos fragmentos, alguns romances e narrativas, hoje integrados no patrimônio da literatura universal.

Das obras maiores, O Processo, O Castelo, América, A Metamorfose *nada se conhecia, além do fragmento a que atrás aludimos. Mas Franz Kafka deixava ainda outros manuscritos, inclusivamente um* Diário Íntimo, *em cujas páginas, mais tarde, viriam a ser respigadas muitos dos textos que hoje figuram nas suas coleções de contos ou narrativas. Completas, poucas nos restam entre as obras que hoje correm impressas. Nesta antologia apenas figura uma, aquela que tem por título* A Colônia Penitenciária. *Todas as demais, extraídas ou não do* Diário Íntimo, *não chegaram ao fim, quando é certo que algumas delas, por exemplo* O Veredictum, *constituem como que primeiras versões de obras mais tarde levadas a cabo. Ao que parece este trecho seria a primitiva forma do romance* O Processo.

Pouco importa, porém, que estas obras sejam ou não completas. Pode dizer-se que uma das características da literatura de Franz Kafka é essa mesma misteriosa imperfeição, palavra aplicada aqui no mesmo sentido do termo referido àquela parte do convento da Batalha que ficou por acabar.

De fato, as narrativas imperfeitas de Franz Kafka são-no a título idêntico ao das capelas imperfeitas desse monumento nacional. Nada nos impede de as admirarmos mesmo a céu aberto, sem a cúpula que as cobriria, se é que, em verdade, as narrativas do estranho autor de O Covil *precisariam sequer de concluídas para nos impressionar. O inacabamento, e a imperfeição não significam nada no plano de uma obra tão misteriosa nos seus objetivos como a própria vida.*

E esta me parece uma das mais singulares originalidades da literatura de Franz Kafka. Não se trata, evidentemente, de qualquer coisa parecida com esse inacabado de certos contos modernos ou com esse não-concluído de alguns romances, inclusivamente de Dostoievski. Quando se diz que na obra de Franz Kafka tudo é misteriosamente sem fim, aflora-se a natureza religiosa da sua literatura e o caráter por assim dizer cabalístico de tudo quanto escreveu. Não há escritor moderno mais impregnado do espírito do Talmude, mais perto dessa simbólica hermética que se traduz nos grandes textos religiosos do cristianismo. E a verdade é esta: que Franz Kafka, nos tempos modernos, assume as proporções de um símbolo, nele se evidenciando de maneira pode dizer-se profética toda uma época entregue a negar no homem a sua origem divina. Quando a literatura européia parecia ter-se despedido por completo da simbólica religiosa que enformara os textos medievais e permitira, inclusivamente, que, por muito tempo, se não falasse, literariamente, da religião de outra maneira que não fosse aquela em que se exprimem os laicos, eis que surge a obra deste checo para de novo conferir ao poder criador do homem o significado de uma mensagem divina. Que mensagem vem a ser essa? Eis o que se nos não afigura fácil de esclarecer, uma vez que, em verdade, os símbolos adaptados por Franz Kafka ainda não encontraram quem os interpretasse satisfatoriamente.

Todos nós nos capacitamos, lendo-o, de que o que lemos não é exatamente aquilo que está escrito, tão lógico, coerente, necessário e inevitável o texto proposto à nossa leitura no seu próprio ilogismo, na sua própria incoerência, na sua própria necessidade, na sua própria inevitabilidade.

Associa-se à mecânica dos sonhos a natureza sistematicamente absurda das narrações de Franz Kafka, e essa associação tem razão de ser, já que não conhecemos, fora dos sonhos, nenhuma experiência dos sentidos capaz de nos ajudar a compreender o que se passa nessas obras. Mas não se nos afigura que ele tivesse tido esse propósito ao escrever os seus romances ou as suas prosas narrativas. A literatura já tinha explorado esse filão havia muito, e o certo é que não há ponto de contato entre o que se passa em trechos como, por exemplo A Colônia Penitenciaria, incluída nesta antologia, e os próprios poemas em prosa de um Lautréamont, evidentemente extraídos de uma experiência onírica. Por mais espontâneas que se nos apresentem as provas literárias de extração onírica, em nenhumas delas nos serão dado encontrarmos ao mesmo tempo o rigor e a inevitabilidade dos trechos kafkianos. Na verdade, se alguma coisa se pode dizer em abono de uma tese onírica na origem da obra de Kafka, não cremos que essa tese possa vir a ser sustentada nos termos em que o faríamos para demonstrar, por exemplo, o onirismo de certas páginas dos românticos alemães. A natureza onírica da obra kafkiana tem de ir buscar-se mais fundo, tão fundo que transcende o próprio onirismo, interpretação fiel que se nos afigura de um universo de símbolos em que o sonho não serve de paradigma, mas de porta aberta para um além-sonho. Bem pode sustentar-se que uma literatura religiosa nos nossos dias — religiosa, não teológica — não tem outra via de acesso ao transcendente que não seja aquela que proporciona ao homem a vida larvar do sonho. Tendo os milagres por lógica de evidente religiosidade elementar e não encontrando na revelação dos textos sagrados outro caminho que não seja aquele que a teologia de qualquer religião lá traçou, que outra esperança resta ao homem decidido a uma experiência religiosa profunda senão penetrar no transcendente pelo imanente onírico? E assim teríamos na obra de Franz Kafka uma das mais extraordinárias mensagens do homem religioso do tempo presente, a única que em verdade ainda é capaz de impressionar um século racionalista e laico como o nosso: a mensagem que resulta de uma incursão no outro lado da experiência humana, esse outro lado que fica, precisamente, no território dos sonhos.

Com Freud a explicar o mecanismo onírico e a psicologia moderna a valorizar o significado do sonho na vida do homem individual, que admira que um escritor como Franz Kafka haja descoberto a importância do sonho como mensagem coletiva, espécie de telepatia do além pronta a revelar-se sem intermediários àquele que porventura não acredita senão no que vê e apalpa. O sobrenatural dos sonhos é o único sobrenatural que o materialismo do nosso tempo admite e reconhece. E assim teríamos na obra de Franz Kafka o testemunho que mais convém na hora presente para dar ao homem aquilo que ele próprio aboliu nas suas relações com o universo: a aceitação de qualquer transcendência. Quando parecia que o homem não mais admitiria a linguagem dos textos sagrados entre os documentos literários que lê e respeita, aí surge Franz Kafka com a sua *literatura hermética e manifestamente profética, tão hermética e tão profética que, antes das câmaras de gás de Hitler, já o antigo comandante da Colônia Penitenciária concebera uma máquina de suplício tão fria e macabra como esses medonhos instrumentos de supliciação. Com o andar dos tempos ir-se-á compreendendo, a pouco e pouco, a simbólica da obra do autor de O Processo, pela mesma razão de que o Velho Testamento anuncia, na linguagem-chave da Cabala, coisas que aconteceram ou ainda estão para acontecer. Não nos admiraria que com a passagem dos séculos Kafka fosse perdendo a sua qualidade de escritor para apenas ser encarado como mensageiro ou profeta. Aliás, é isso que explica já hoje o equívoco de toda uma literatura que, fundada em Kafka, por assim dizer converte em mistificação literária o que na obra do mestre checo é uma visão religiosa, uma linguagem sagrada.*

João Gaspar Simões

O COVIL

Arranjei o covil e parece que me saí bem. Do exterior vê-se apenas um grande buraco, mas na realidade esse buraco não conduz a parte nenhuma. Alguns passos andados, esbarra-se com um enorme bloco de pedra que a natureza ali colocou. Não quero vangloriar-me de haver premeditado este ardil; trata-se, antes, dos restos de uma dessas numerosas tentativas que falharam; mas, para concluir, pareceu-me vantajoso não encher esse buraco. Sei muito bem que há ardis tão rebuscados que acabam por se virar contra si mesmos. Sei-o melhor do que ninguém e parece-me assaz temerário chamar a atenção para este buraco e sugerir que talvez exista aí qualquer coisa que merecesse a pena explorar um pouco mais. Mas engana-se a meu respeito aquele que me julgar um poltrão e que estiver convencido de que eu não construo o meu covil senão por covardia. Porém, a uns passos do buraco, abre-se a verdadeira entrada, coberta por uma camada de musgo, que eu posso levantar: se há neste mundo alguma coisa segura é este local. Evidentemente que qualquer pode andar sobre este musgo ou penetrar, mesmo, lá dentro; nesse caso o meu covil pertence-lhe e seja quem for que o desejar — partindo do princípio, está claro, de que dispõe de certos talentos não moeda corrente — pode lá ir dentro e destruir tudo para sempre. Sei-o muito bem, e pode dizer-se que a minha vida, este mesmo momento, seu ponto culminante, nem uma hora só que seja sabe o que quer dizer paz. Ali, nesse recanto de musgo sombrio, sou mortal e freqüentemente nos meus sonhos me aparece um focinho glutão que fareja sem cessar aquelas paragens. Eu teria podido, assim pensam alguns, trazer terra para tapar completamente o próprio orifício. Uma camada fina em cima, e depois terra solidamente calcada, que se iria tornando mais leve para baixo, de tal maneira que eu não teria grande dificuldade em limpar o terreno todas as vezes que quisesse sair. Mas isso não é viável, a própria prudência exige que eu disponha de uma saída imediata, a própria prudência exige, como, ai de nós, tantas vezes acontece, que eu arrisque inteiramente a minha vida. Trata-se de cálculos bem penosos, e a alegria de uma cabeça lúcida é por vezes a única justificação que nos leva a calcular sempre mais avante. Preciso de uma possibilidade de fuga imediata. Mas, apesar de toda a minha vigilância, não poderei ser atacado por um lado completamente imprevisto? Vivo em paz no mais fundo da minha habitação e entretanto o adversário, vindo não se sabe de onde, abre lenta e silenciosamente o seu caminho até mim. Não quero dizer com isto que ele tenha mais faro do que eu; talvez saiba tão pouco a meu respeito como eu a respeito dele. Mas há malfeitores apaixonados, que revolvem a terra de alto a baixo e a esquadrinham às cegas. E, tendo em vista a imensa extensão do meu covil, esses tipos podem mesmo esperar cair em qualquer parte num dos meus corredores. Por assim dizer, tenho a vantagem de estar em minha casa e de conhecer com precisão todos os corredores e todas as direções. O malfeitor muito facilmente pode tornar-se minha presa e presa de sabor agradável! Mas estou a ficar velho, há muitos malfeitores mais vigorosos do que eu e o número dos meus adversários é infinito. Pode acontecer, também, que eu fuja diante de um inimigo e venha a cair nas garras de outro. Ah! Tudo pode acontecer, porque não? Seja como for tenho precisão, para minha segurança, de dispor em qualquer parte de uma saída inteiramente livre e à mão de semear — nesse caso, para sair, não preciso fazer mais nenhum esforço. E, assim, enquanto eu escavo, desesperadamente (ainda que seja apenas em leve entulho), não me acontecerá vir a sentir, de súbito — Deus o não permita! —, os dentes do meu inimigo enterrarem-se-me na coxa. E não são apenas os inimigos do exterior que me ameaçam. Tenho-os também no interior da terra. Nunca os vi, valha a verdade, mas as lendas falam deles e firmemente acredito na sua existência. São criaturas das profundezas da terra. A própria lenda não sabe descrevê-los. Mesmo aquele que porventura foi vítima deles mal os viu. Aparecem, sentem-se-lhe as garras por baixo de nós, escavando na terra, o seu elemento, e eis-nos perdidos. Estarmos então em nossa casa não representa qualquer vantagem contra eles; muito pelo contrário, nós é que estamos em casa deles.

Esta saída não me servirá de nada. De qualquer maneira, nada posso esperar dela, e, para falar verdade, é a minha ruína, embora represente uma esperança e eu não possa viver sem essa esperança. Além desta grande via há outras ainda, muito estreitas, e que oferecem uma relativa segurança; ligam-se ao mundo exterior e proporcionam-me o ar sadio e fresco que eu respiro.

Estes túneis foram abertos pelos ratos da selva. Tive antes de os aproveitar convenientemente para benefício da minha construção. Garantem-me a possibilidade de uma ampla ventilação e concorrem para a minha segurança. Demais, estes carvalhos novos trazem até mim toda a espécie de animais, que eu devoro, e, deste modo, é-me possível dispor de uma certa caça, que bastaria para manter uma vida modesta, sem precisar de abandonar o meu covil. Está claro que é coisa preciosa para mim.

O que há de melhor no meu covil é a sua tranquilidade. Evidentemente que é falaz. Em qualquer altura, bruscamente, pode vir a ser interrompida e será o fim. Por enquanto ainda dura. Posso arrastar-me pelos meus corredores, durante horas, e nada mais ouço senão, às vezes, o sussurrar de qualquer animalejo que imediatamente faço calar entre os meus dentes, ou então um pedaço de terra que se desmorona e que me lembra a necessidade de algumas reparações. À parte isto, é tranqüilo. O ar da floresta corre no seu interior. Há lá dentro, ao mesmo tempo, frio e calor. Às vezes estendo-me no chão e de contentamento rolo e rebolo-me no corredor. Para quem sente aproximar-se a velhice, é bom dispor de um covil assim. É bom estarmos de posse de um teto, quando principia o Outono. De cem em cem metros, alarguei os corredores, para instalar pequenas câmaras redondas. Aí posso enroscar-me à vontade, aquecer-me com o meu próprio calor e gozar de repouso. Aí durmo o suave sono da paz, o sono do desejo satisfeito e do escopo atingido; possuo uma habitação. Não sei se é um hábito dos antigos tempos ou se os perigos desta casa são, apesar de tudo, suficientemente fortes para me acordarem. Mas a intervalos regulares, de tempos a tempos, sinto um sobressalto de medo que me tira o sono; e escuto, escuto no silêncio invariável que aqui reina dia e noite, sorrio de satisfação e, de membros abandonados, afundo-me num sono ainda mais profundo. Desventurados vagabundos sem casa, perdidos nas estradas dos campos e das florestas, enterrados sob um monte de folhas ou perdidos num bando de companheiros, sujeitos a todas as maleficências do céu e da terra! Estou aqui deitado em sítio seguro, protegido por todos os lados — os locais deste gênero são mais de cinqüenta no meu covil — e, entre a sonolência e o sono inconsciente, as horas passam para mim a meu belo prazer.

No meio do covil, quase no centro, fica a Grande Praça, que será o meu bastião na altura do perigo mais de temer — não, precisamente, no caso de uma perseguição, mas no caso de um cerco. Enquanto todo o resto da minha obra representa um trabalho encarniçado da inteligência, um trabalho onde o esforço físico pequena parte tem, este local é a todos os títulos fruto do trabalho corporal mais duro que imaginar se pode. Certas vezes, no desespero de um corpo esgotado, vinham-me desejos de tudo abandonar, rojava-me de costas e amaldiçoava o covil; arrastava-me lá para fora e o covil vazio ficava aberto. Pouco me importava, pois não fazia tenção de lá voltar mais. Assim decorriam horas e horas, até à altura em que voltava, penitente, e, ao encontrá-lo intacto, quase me apetecia entoar um cântico de reconhecimento. Metia mãos à obra com uma alegria não dissimulada. Quanto ao mais, a construção da praça-forte complicava-se inutilmente (inutilmente, porque esse trabalho dos diabos não tinha utilidade verdadeira para o covil); a complicação consistia em que, precisamente no local previsto pelo plano, a terra era friável e arenosa, e para construir a Grande Praça, com as suas belas abóbadas, era mister calcar a terra com coragem. Para um trabalho desse gênero apenas disponho de minha testa. Dia e noite, milhares de vezes, me precipitei de cabeça contra a terra. Sentia-me feliz quando batia até fazer sangue, o que queria dizer que a parede começava a ganhar solidez; e estou certo de que reconhecerão sem esforço que bem mereci a minha praça-forte.

É nesta praça-forte que eu amontôo as minhas provisões. Tudo o que junto da minha caça no interior do covil, quando o saque supera as minhas necessidades imediatas, e tudo que trago das minhas batidas fora do covil aqui o acumulo. O local é tamanho que as provisões de meio ano não o enchem. Assim posso instalá-las comodamente, circular entre elas, brincar com elas, regosijar-me com a abundância e a qualidade dos seus diversos aromas, sempre em condições de avaliar exatamente o conjunto dos meus bens. E estou igualmente habilitado a organizar agrupamentos novos e, consoante a estação, antecipar os cálculos necessários e os planos de caça. Há momentos em que as preocupações são tão grandes que se me torna indiferente comer ou não, e nem sequer me lembro de tocar nos minúsculos animaizinhos que furtivamente circulam à minha roda: talvez seja uma imprudência e por mui diversas razões. Preocupado com os meus preparativos de defesa, consigo muitas vezes desenvolver ou modificar os meus pontos de vista sobre a disposição do covil. (Mas, claro está, as mudanças operadas para esse efeito não vão além de um quadro restrito). Então afigura-se-me, por vezes, imprudente assentar toda a minha defesa numa praça-forte; os múltiplos recursos do covil dão-me, também, mais vastas possibilidades, e parece-me mais prudente distribuir um pouco as provisões e abastecer um pequeno número de lugares. Resolvo, então, reservar um lugar em três para depósito de abastecimento ou um local em quatro para depósito acessório, e assim por diante. Ou então aglomero num ponto determinado as provisões de onde faço derivar alguns corredores destinados sobretudo a iludir o adversário; ou, ainda, limito-me a escolher raros depósitos, absolutamente ao acaso, consoante a sua posição em relação à saída principal. Cada um destes novos planos obriga-me, evidentemente, a um duro trabalho de transporte; vejo-me obrigado a refazer as minha contas e a desarrumar os meus fardos em todos os sentidos. Para falar verdade, posso fazê-lo tranqüilamente, sem pressas febris, e, ainda assim, não é tão mau como isso transportarmos coisas boas na boca, descansarmos onde nos apetece, e quando uma coisa se nos afigura especialmente apaladada, deixarmo-nos tentar pela gulodice. O pior é quando, por vezes, me parece que tudo está errado na repartição feita, — e as mais das vezes esta idéia apossa-se de mim na altura em que acordo sobressaltado — e de mim para comigo reconheço que isso pode dar aso a grandes perigos, tudo deve imediatamente ser posto em lugar seguro e é preciso fazê-lo sem perda de um minuto, sem atender ao sono e à fadiga. Então dou-me pressa, então tenho asas nos pés, então não disponho mais de tempo para fazer contas. E eu, que pretendo pôr em execução um novo plano, um plano exatíssimo, vejo-me obrigado a apanhar, ao acaso, o que me fica ao alcance dos dentes. Arrasto-me, carrego, suspiro, gemo, escorrego, e a situação tão perigosa se me antolha que qualquer mudança me contentará. No momento em que me vejo completamente desperto — pouco a pouco volto a mim, — fico sem compreender a precipitação em que estive. Respiro profundamente a paz da minha casa, que eu próprio perturbei, volto para o meu ninho, e, ato contínuo, adormeço esgotado. Ao acordar, encontro-me ainda com qualquer prova irrefutável do meu trabalho noturno, o qual já se me afigura um sonho, pois tenho um rato entre os dentes, que me pende da boca. Em seguida, de novo passo por alternativas em que a solução preferível me parece reunir todas as provisões num único sítio. Que posso eu esperar das provisões colocadas nos minúsculos depósitos? Que ínfimas quantidades poderei eu aí arrumar pelo seguro? Por pouco que se leve para aí, qualquer coisa obstrui sempre o caminho, e um dia, talvez, em que eu procure pôr-me a salvo na fuga, acabarei por me encontrar embaraçado. Demais, o que quiçá seja estúpido, embora verdadeiro, é que sofremos no nosso foro íntimo quando não nos é dado vermos todas as nossas provisões reunidas e abrangermos num único olhar tudo o que é nosso. E, depois, com todas estas novas repartições, que de provisões perdidas! Não me é possível andar sempre de um lado para o outro, a galope, através de bifurcações e de vias transversais, a ver se tudo está nos seus lugares. Para falar verdade, a idéia de uma distribuição de reservas está certa na sua base, mas apenas quando dispomos de um certo número de locais comparáveis à minha praça-forte. Certo número de locais? Sim, sim, mas quem é que os pode organizar? Aliás, já não há maneira de acrescentar mais nenhum plano de conjunto do meu covil. Mas estou pronto a confessá-lo: é sempre um erro não se possuir senão um exemplar de um objeto qualquer que ela seja. E confesso, outrossim, que durante toda a construção essa idéia se me exibia obscuramente, embora, caso eu tivesse querido, ela se houvesse tornado suficientemente precisa, essa idéia que reclamava um maior número de praças-fortes. A idéia estava viva no mais fundo de mim próprio, mas eu não obedecia à sua injunção. Sentia-me fraco demais para esse imenso trabalho; sim, sentia-me demasiado fraco para me representar à urgência de semelhante tarefa. Melhor ou pior, lá me consolei com sentimentos nem por isso menos obscuros: o que noutras ocasiões teria sido insuficiente (insinuavam-me eles), chegava e sobrava no meu caso, excepcionalmente, por uma espécie de graça, pois era de todo necessário não esquecer a minha cabeça — o meu martelo-pilão. Pois bem, presentemente tenho apenas uma praça-forte, mas os sentimentos obscuros que me levaram a temer pela sua insuficiência desvaneceram-se. Seja como for, devo contentar-me com esta apenas: as pequenas praças não podem substituí-la. E agora, que esta idéia amadureceu dentro de mim, recomeço a arrastar para a praça-forte tudo quanto tinha disperso pelas pequenas. Durante algum tempo é para mim sensível consolação ver todas as praças e todas as vias livres, e admiro todos os montes de carne que se acumulam na praça-forte e que remetem para longe, até ao fundo dos mais remotos corredores, a mistura de uma infinidade de fumozinhos, qual deles mais sedutor, e que, mesmo de longe, posso nitidamente discernir. Depois sobrevêm, habitualmente, temporadas particularmente pacíficas; pouco a pouco, as localizações do meu sono deslocam-se dos distritos exteriores para o centro; afundo-me cada vez mais nos aromas, até ao momento em que não posso mais, e uma bela noite precipito-me na praça-forte, irrompo a sério nas provisões e até perder a cabeça por completo encho-me do melhor de que gosto. Tempos felizes, mas perigosos. Aquele que soubesse tirar partido deles em seu próprio benefício facilmente conseguiria, sem grande risco pessoal, acabar comigo, Aqui está como a falta de uma segunda ou de uma terceira praças-fortes produz conseqüências funestas: o que me seduz é a grande acumulação central. Procuro defender-me por todas as maneiras; evidentemente que a repartição pelos pequenos depósitos é uma medida que vai ao encontro disso, mas, ai de mim, provoca desejos tanto mais ardentes quanto é certo originar-se na privação. Os desejos, então sobrepõem-se à razão, perturbam de alto a baixo os planos de defesa, tudo para conseguirem os seus fins.

Depois de temporadas no gênero desta, procuro ganhar juízo e nesse intuito dou-me, geralmente a fazer uma revisão do covil. Depois, feitas as reparações necessárias, as mais das vezes abandono-o quanto mais não seja por um pequeno período de tempo. Privar-me por muito tempo do meu covil afigura-se-me, então, um castigo duro em excesso, mas obrigo-me, a concordar que essas excursões momentâneas são necessárias. Quando me aproximo do orifício há sempre uma certa solenidade na minha atitude. Enquanto dura o período da vida sedentária, evito-o; evito, mesmo, percorrer, até aos seus mais remotos acessos, o corredor que a ela conduz. De resto, não é coisa muito fácil passear nessas paragens, pois o certo é que aí montei todo um reduzido sistema de corredores em zigue-zague. É aí que principia a minha construção. Nesse tempo ainda eu não podia esperar concluir um dia a obra prevista pelos meus planos; foi nesse recantozinho que eu principiei, em parte por brincadeira, e foi assim que a alegria do primeiro trabalho se exaltou nessa construção labiríntica que se me afigurava então a pérola de todas as construções. Considero-a hoje — e este ponto de vista é provavelmente mais exato — um bastião muito fraco e indigno do corpo da obra. Considerado do ponto de vista técnico, talvez tenha o seu encanto — aqui fica a entrada da minha casa, dizia eu, então, com ironia, aos inimigos invisíveis, e de antemão via-os todos asfixiados no labirinto —, mas em verdade não passa de um brinquedo de paredes demasiado finas, incapaz de resistir a um assalto sério ou a um inimigo desesperado, lutando em legítima defesa. Deverei eu, então reformar esta parte? A todo o momento estou a adiar para mais tarde essa resolução, e a coisa vai ficar como está. Sem falar no grande esforço que isso exigiria, seria também o mais perigoso dos trabalhos que imaginar se pudesse. Nesse tempo, quando eu principiei o covil, podia trabalhar nele de maneira relativamente tranqüila, não era mais perigoso aquilo que qualquer outra coisa. Mas, hoje, isso seria o mesmo, pode dizer-se, que chamar a atenção do mundo inteiro para a minha toca, de propósito deliberado. Hoje em dia já não é possível. Isso quase me dá satisfação, sinto um certo fraco por este trabalho de principiante.

E se um grande ataque viesse a dar-se, que tipo de vestíbulo me poderia salvar? O vestíbulo pode servir para iludir, enganar, atormentar o assaltante: assim sucede ao meu nos casos desesperados. Mas, no caso de um ataque em forma, ver-me-ei obrigado a enfrentá-lo imediatamente e a pôr em ação todos os recursos do terreno, a aplicar nele todas as energias do corpo e da alma, como é natural. O covil já tem tantos pontos fracos impostos pela natureza que se lhe pode ainda acrescentar mais este, obra das minhas próprias mãos. E, se é certo que não dei por isso imediatamente, pelo menos ponderei-o com toda a exatidão. Isto não quer dizer que esse defeito me não inquiete de vez em quando ou até continuamente, talvez. Se, nos meus passeios habituais, evito este lado da construção, é precisamente por o seu aspecto me ser desagradável: não me agrada ter sempre diante dos olhos uma imperfeição do meu covil que tantos transtornos me provoca já na consciência. Bem pode acontecer que o erro lá de cima, na entrada, seja irreparável, mas, por mim, prefiro não o enfrentar enquanto puder evitá-lo. Basta dirigir-me para o orifício; ainda separado dele por uma infinidade de corredores e de praças, já me sinto sob a atmosfera de um perigo iminente. Acontece, até, sentir como se o pêlo se me afilasse, como se não tardasse muito vir a encontrar-me em carne viva e o corpo todo sem um único pêlo nesse momento e já ouço o uivar dos meus inimigos. Sim, a idéia de sair, só por si, já me provoca estas sensações de terror, visto ser ali que a minha casa deixa de proteger-me; mas, apesar de tudo, essa arquitetura do vestíbulo é que mais me atormenta. Às vezes chego a sonhar tê-lo reconstruído por completo, refazendo-o de alto a baixo, rapidamente, graças a forças gigantescas, numa só noite, às ocultas de todos, e então torna-se inexpugnável. O sono em que este sonho me visita é o mais amorável que possa imaginar-se. Quando acordo, lágrimas de alegria e de alívio me rebrilham ainda na barba.

Sempre que saio, eu próprio me vejo obrigado a vencer, com o esforço do corpo, as dificuldades deste labirinto; irritome e enterneço-me ao mesmo tempo quando, por vezes, me perco momentaneamente nas minhas próprias delineações. Afigura-se-me, então, que a obra teima em provar-me a justificação da sua existência, embora eu já tenha sobre o caso uma opinião bem assente. Finalmente lá chego ao tapete de musgo; acontece-me ficar por tanto tempo sem sair de casa que o musgo cresce de tal sorte que se confunde com o chão da floresta. Agora, com uma simples marrada, estou em terra estranha. Durante longo tempo hesito em fazer esse movimento, e se não tivesse atrás de mim o labirinto do vestíbulo para me desvencilhar andando de recuo, desistiria e voltaria para o meu buraco. Pois, quê?, tens uma casa abrigada, toda fechadinha, vives em paz, ao quente, bem alimentado, patrão, amo e senhor de todos aqueles infinitos corredores e praças, e sacrificas tudo isso para te entregares, por assim dizer, nas mãos do primeiro inimigo? É claro: tens a certeza de que voltarás a encontrar o teu covil; mas valerá a pena arriscarest-e a um jogo desses? Terás pretextos que o justifiquem? Não, para uma temeridade deste quilate, não há pretextos válidos. E, no entanto, eis-me que soergo prudentemente o alçapão e dou às de vila-diogo, afastando-me quanto mais depressa melhor daquele local que me pode atraiçoar.

Mas, por assim dizer, não é ao ar livre que me encontro. Evidentemente que já não ando a rastejar pelos corredores, caço em plena floresta, sinto forças novas no meu corpo, para que não tenho espaço, de qualquer maneira, no meu covil, nem mesmo na praça-forte, ainda que fosse dez vezes maior. A comida também é melhor cá fora, embora a caça seja mais difícil e o êxito mais raro. Mas, ao fim e ao cabo, o resultado deve trazer as suas vantagens. Não o posso negar: sei apreciar as coisas, e tanto ou melhor que qualquer outro, pois não caço como um vagabundo que percorre os campos por leviandade ou desespero, caço pensando no que me convém e com toda a serenidade. Aliás, tenho a certeza de que não fui feito para vida ao ar livre, o instinto não me compele a isso. Por outro lado, sei que o meu tempo é contado, e bem contado, e que não vou ficar por ali à caça tempos infinitos. Quando quiser, quando me sentir cansado da vida que levo aqui, sei que me vão chamar e que não poderei resistir ao convite. E este período posso eu gozá-lo até ao fim, usufruí-lo sem preocupações. Para melhor dizer, podia, mas não posso. O covil preocupa-me demasiado. Afastei-me apressadamente do orifício, mas não tarda que volte ao ponto de partida. Procuro um bom esconderijo e fico-me a espiar a entrada de casa — do exterior, desta vez — dias e dias, noites inteiras. Talvez pareça loucura, mas a verdade é que me dá uma alegria indizível e me apazigua. Para mim não é como se estivesse diante da minha própria casa, mas como se me visse a dormir a mim próprio, e tivesse a dita de fazer as duas coisas ao mesmo tempo: dormir profundamente e velar por mim de olhos bem abertos. Disponho da faculdade apreciável de afrontar aos fantasmas nocturnos, não só no abandono delicioso de um sono indefeso, mas, ao mesmo tempo, na realidade, onde os topo com toda a lucidez de um espírito bem desperto e com a mais serena faculdade de reflexão. E verifico, ó maravilha, que nem tudo me corre tão mal como muito provavelmente virei a pensar, de novo, quando voltar a instalar-me em casa. Neste aspecto, e noutros aspectos ainda, mas neste muito especialmente as surtidas são-me indispensáveis. Está claro que por mais cuidadosamente que eu tenha escolhido o local recôndito do meu buraco, a turba que passa por ele ainda assim é bastante apreciável, se nos dermos ao trabalho de somar as observações feitas durante toda uma semana. O mesmo acontece, porém, com qualquer outro sítio habitado, e não há dúvida de que mais vale expor-se uma pessoa a um grande tráfego, a uma multidão de transeuntes que se acotovela e afasta naturalmente, do que viver na solidão absoluta à mercê do primeiro intruso que apareça e se dê ao trabalho de procurar um pouco mais. Aqui há muitos inimigos, e os seus cúmplices ainda são em maior número, mas digladiam-se entre si, e, enfronhados nas suas próprias ocupações, passam ao lado do covil sem dar por ele. Nunca vi ninguém aplicado a explorar o orifício, para sorte minha e dele, pois a verdade é que, nesse caso, louco de inquietação pelo meu covil, ter-lhe-ia saltado ao pescoço. Para falar verdade, passam também criaturas de quem eu não ousaria aproximar-me e perante as quais teria de fugir imediatamente, mal as pressentisse, por mais longe que estivessem. Nada direi de correto acerca do seu comportamento para com o covil, mas basta, para me tranqüilizar, o fato de ao voltar a ele não ver já sinais dessas criaturas e achar intacta a entrada. Períodos felizes ocorriam, durante os quais eu chegava a dizer para comigo mesmo que cessara contra mim a hostilidade do mundo, ou que se tinha apaziguado, ou que o poderio do meu covil me tinha preservado da luta de vida e morte que até então me obcecava. Afinal o covil era um abrigo muito mais protegido do que eu supunha quando lá estava metido dentro. A confiança era tanta que às vezes se apossava de mim o desejo, criança que eu era, de não mais voltar ao covil, e instalar-me, ali, nas vizinhanças do orifício, passando o tempo a observá-lo, sem o perder de vista, dizendo, felicíssimo, de mim para comigo, quão formidável proteção me daria o covil se porventura eu lá estivesse dentro. Claro está que não duram muito estes sonhos infantis. Não tarda que a eles seja arrancado por um sobressalto de pânico. Afinal de contas, de que vale a segurança que estou a observar daqui? Poderei eu apreciar o perigo que me ameaça no interior do covil através da observações que faço fora dele? Farejarão os meus inimigos a minha verdadeira pista quando eu não estou no covil? Algo farejarão, mas não por completo. E para que eu pudesse representar a mim próprio o perigo normal era necessário que eles estivessem na posse de todos os elementos que lhes permitissem seguir-me. As experiências que eu faço aqui só abrangem parte das circunstâncias e apenas servem para me tranqüilizar, embora este falso apaziguamento me faça correr o maior perigo. Não, eu não me vejo dormir a mim próprio, como o imaginava; sou antes aquele que dorme enquanto o salteador continua vigilante. Quem sabe se o assassino não estará entre os que distraidamente circulam ao lado da entrada; talvez eles não venham até aqui senão para verificarem se a porta ainda está intacta (fazem afinal o que eu faço) e para terem a certeza de que espera o seu assalto. E se eles seguem avante é apenas, talvez, porque sabem que o dono da casa lá não está dentro, e talvez saibam, até, que anda por ali perto, inocente, espreitando do meio das ramadas. E eis que abandono o meu posto de observação e que me sinto farto da vida ao ar livre. É como se eu nada mais pudesse vir a saber ali, nem agora nem no futuro. E apetece-me dizer adeus a tudo isto, penetrar no covil para nunca mais de lá sair; apetece-me deixar que as coisas sigam o seu caminho e não as entravar com observações inúteis. Mas, por tanto tempo observei o que se passava à roda do buraco, que ainda me tornei mais difícil nas minhas medidas de segurança. Para mim, agora, é uma verdadeira tortura ter de executar todas as manobras de penetração, pois corro o risco de chamar a atenção sem dar por isso, ignorante do que se passa atrás de mim, nas imediações, sem saber o que vai ocorrer atrás do alçapão assim que o tiver fechado de novo. Dou-me, primeiro, a fazer exercícios durante as noites de tempestade, atirando rapidamente o produto das minhas caçadas pelo orifício.

Tudo parece correr bem; mas correrá, de fato?

Só o poderei saber na altura em que eu próprio lá estiver dentro. Então é que verei bem o que se passa, mas não com os olhos, ou, se porventura chegar a vê-lo com os meus próprios olhos, será tarde demais. Desisto, pois, e não penetro no buraco. A uma respeitável distância do verdadeiro orifício, cavo outro para experiência. É precisamente do meu tamanho e recoberto por igual de uma camada de musgo. Rastejo pelo buraco, tapo-o por cima de mim, espero pacientemente. Conto intervalos mais ou menos curtos, mais ou menos longos, consoante as horas do dia; em seguida rompo a camada de musgo, saio e registro as minhas observações. Dou-me a experiências dos gêneros mais diversos, boas e más, mas não acho nem lei geral nem método infalível para descer. Eis porque ainda não desci pelo orifício verdadeiro, cheio de desespero, dizendo de mim para comigo que o terei de fazer mais tarde ou mais cedo. Não estou longe de me decidir a partir para distantes terras, a retomar uma vida sem alegria nem segurança, inextricável tecido de perigos constantes.

No meio de tantos e tamanhos perigos, não era possível chegar a ver e a medir com precisão cada um dos perigos de per si: eis o que me ensina a comparação que eu não cesso de fazer entre a proteção que me dá hoje o meu covil e o resto da minha vida. Claro que uma decisão dessas seria completa loucura, conseqüência apenas de uma prolongada existência na absurda liberdade, porque a verdade é esta: o covil pertence-me, basta dar um passo para ficar em segurança. E esforço-me por me arrancar a todas estas dúvidas, avanço, em pleno dia, direito à porta, para me ver obrigado a soerguê-la sem demora, mas não sou capaz.

Dou-lhe um salto por cima e precipito-me de propósito numa moita de silvas, para me castigar — para me castigar de uma falta que não pratiquei. Depois acabo por dizer de mim para comigo que, apesar de tudo, tenho razão e que é realmente impossível entrar lá para dentro sem dar ao primeiro *quidam* o que tenho de mais querido, sem o pôr, pelo menos de momento, à disposição de todos que por ali se encontram, nas vizinhanças, à flor do solo, em cima das árvores, no céu. E o perigo não é imaginário, antes pelo contrário, real como as coisas reais. Talvez não seja a um verdadeiro inimigo que eu dou oportunidade de me perseguir, mas a um inocentinho, a qualquer criaturinha repugnante que me segue o rastro por curiosidade e que, deste modo, sem querer, se converte no porta-bandeira do mundo inteiro que me anda atrás das canelas. E não é tudo, existe ainda outro perigo — e este não é o menos temível de todos, antes pelo contrário, de certo ponto de vista talvez o pior que me pode acontecer —, talvez seja alguém da minha espécie, perito e amador de covis, algum irmão da floresta, amante da paz, mas tratante sem-vergonha, disposto a instalar-se bem, sem ter de construir a sua casa. Mas se ele aparecesse agora, com as suas detestáveis pretensões a descobrir o orifício, se ele metesse mãos à obra para levantar o musgo, e, obtido o seu fim, se introduzisse à força no meu lar, então, enquanto ele penetrasse no interior e eu lhe pudesse ver ainda o traseiro emergindo à superfície, precipitar-me-ia, furioso, na sua pegada, e, sem escrúpulos, saberia saltar-lhe, em cima, dilacerá-lo, fazê-lo em pedações, rasgá-lo, beber-lhe o sangue até à última gota, e, sem mais aquelas, pregar-lhe com o corpo no monte de minha caça. Mas principalmente, e isto é o mais importante, encontrar-me-ia, por fim, no meu covil, teria desta vez a satisfação de contemplar o labirinto, embora, em primeiro lugar, tratasse de puxar para cima de mim a cobertura de musgo, disposto, creio-o bem, a descansar para o resto da minha vida. Mas a verdade é que ninguém aparece, e eu continuo reduzido a mim sozinho. Parte da minha ansiedade esvai-se, tão absorto estou na dificuldade do meu empreendimento. Não me afasto, por pouco que seja, da entrada; correr à roda dela torna-se a minha ocupação favorita, como se fosse eu o inimigo que espiasse a oportunidade favorável para a vitoriosa irrupção. Se eu tivesse, no entanto, alguém em quem confiar, alguém que eu colocasse no meu posto de observação, então ser-me-ia fácil efetuar a descida, livre de quaisquer preocupações. Entender-me-ia com a criatura de confiança: ela observaria exatamente a situação durante a minha descida e por muito tempo ainda após ela. Se qualquer perigo sobreviesse, avisar-me-ia com umas pancadinhas na camada de musgo, sem mais nada. Assim eu faria tábua-rasa por cima de mim, nenhum vestígio permaneceria, além da criatura da minha confiança — mas, nesse caso, não me viria ela a exigir uma compensação, não quereria ela, pelo menos, visitar o covil?

O simples fato de consentir que alguém penetrasse no meu covil, já de si me parece horrível. Foi para mim que eu o construí, não para visitantes. Tenho a certeza de que não deixaria entrar ninguém.

É certo que essa criatura teria tornado possível o meu regresso, mas, mesmo assim, não a deixaria entrar; não, não, de maneira nenhuma a deixaria entrar, pois, de duas uma: ou eu a deixava descer sozinho o que ultrapassaria tudo que eu posso imaginar, ou então teríamos de entrar os dois ao mesmo tempo, o que corresponderia a fazer desaparecer todas as vantagens que ela poderia ter dado ficando à superfície, no seu posto de observação.

E que dizer da confiança? Aquela criatura que tem a minha confiança quando eu a olho de frente, merecerá a minha confiança quando as não vejo e entre nós está a cobertura de musgo? É relativamente fácil confiar em qualquer criatura enquanto a temos debaixo de olho ou pelo menos enquanto estamos em condições de a vigiar; aceitemos, mesmo, como possível, confiar em alguém afastado; mas do interior do covil, isto é, do fundo de um outro mundo, dar plena e inteira confiança a qualquer, parece-me impossível. Mas não é preciso levantar todas estas dúvidas, basta refletir: durante ou após a minha descida, todos os inumeráveis acidentes da vida podem impedir essa criatura da minha confiança de cumprir o seu dever; e que incalculáveis conseqüências não teria para mim a mais pequena infelicidade que a atingisse?

Não, para falar verdade, não me devo lastimar de estar só e de não ter ninguém em quem confiar. Não perco, seguramente, nada com isso, e estou certo de que evito muitos incômodos. Em matéria de confiança, só posso confiar em mim mesmo e no meu covil. Deveria ter pensado nisso antes e tomar as minhas disposições na previsão do problema que me preocupa agora. A coisa teria sido possível, pelo menos em parte, no princípio da construção. Deveria ter preparado o primeiro corredor de modo a que dispusesse de duas entradas, convenientemente em comunicação uma com a outra, e de tal sorte que, quando tivesse descido por uma das entradas, com todos os atrasos inevitáveis, rapidamente teria percorrido o primeiro corredor até à segunda, dando um pouco de luz à cobertura de musgo preparada para esse efeito, e, postado aí, examinaria a situação durante alguns dias e algumas noites. Assim tudo estaria certo. É verdade que duas entradas duplicariam o perigo, mas haveria maneira de reduzir esta objeção ao silêncio, pois uma das duas entradas, a que seria destinada a servir de posto de observação, poderia ser muito estreita. E deste modo me perco em meditações técnicas e volto a sonhar o meu velho sonho de um covil absolutamente perfeito. Isto tranqüiliza-me um pouco. Encantado, vejo, de olhos fechados, claras e menos claras possibilidades de construção, que me permitiriam escapar-me para dentro e para fora sem ser visto.

    Enquanto estou deitado desta sorte, meditando, confiro alto valor a todas estas possibilidades, mas considero-as apenas como empreendimentos técnicos e não como vantagens reais, pois onde quererei eu chegar com isto de conseguir deslizar à vontade para fora e para dentro? Eis o que revela um espírito inquieto: insegurança na apreciação própria, ambições pouco limpas, traços negros de caráter, que ainda mais se ensombram se pensarmos que o covil ali está e que nos pode dar paz, desde que consintamos em abrir-nos totalmente a ele. Agora é certo que estou para todos os efeitos no exterior, que procuro uma maneira de voltar lá para dentro, e os arranjos técnicos não podiam aparecer em melhor altura. Mas não, talvez não sejam tão desejáveis como isso. Não será diminuir o covil, caso, num movimento passageiro de medo nervoso, nada mais quisermos ver nele além de uma escavação na qual desejamos deslizar com toda a destreza possível? Com certeza que esta escavação é também uma proteção, ou devia sê-lo. Quando eu suponho encontrar-me no auge do perigo, então, de dentes cerrados e com toda a força do meu querer, desejo que o covil mais não seja do que um buraco destinado a salvar-me a vida, e a minha única esperança é que ele satisfaça o melhor possível esta função.

Estou pronto a nada mais lhe pedir. Mas as coisas passam-se de maneira diferente na realidade — ah! A realidade, ninguém se importa com ela quando tudo corre bem; mas, assim que nos sentimos ameaçados, para relancear-lhe a vista já é preciso coragem! —. Na realidade, o covil dá segurança, mas nunca demais: desaparecerão as preocupações lá no interior? Essas são outras preocupações, mais altivas, mais ricas e por vezes muito fundamente recalcadas. Mas o seu trabalho devorador consome-me talvez tanto quanto o da vida ao ar livre. Se eu apenas tivesse construído o covil para proteger a minha vida, estaria longe de ter sido iludido na minha esperança. Se, porém, eu estabelecesse relação entre o trabalho inaudito e a proteção real, pelo menos na medida em que sou capaz de tirar disso partido e satisfação, o resultado não seria em meu benefício. É doloroso termos de fazer esta confissão, mas, realmente, assim acontece comigo quando vejo esta entrada que se me fecha diante, direi mesmo que se contrai para me hostilizar a mim, proprietário e construtor do covil. A verdade, porém, é esta: o covil não se limita a um buraco de salvação. Quando me encontro na praça-forte, rodeado pelos montes de carniça, os olhos fitos nos dez corredores que dali partem, quando os observo, um por um, na harmonia do plano geral, e que os vejo, a cada um de per se, subindo e descendo, estendendo-se, ou encurvando-se, alargando-se ou estreitando-se, todos silenciosos e vazios, e todos eles, graças ao seu desvio próprio, prontos a conduzir-me lá longe, à profusão de praças, elas também vazias e silenciosas — então a idéia de insegurança está longe de mim, então tenho a certeza de que aquela é a fortaleza que eu conquistei em luta com a terra intratável, à custa de muito escavar e morder, raspar e bater, é a minha fortaleza, nunca pertencerá a mais ninguém, e tão francamente é minha que ali posso, sereno, receber do meu inimigo a ferida mortal, que meu sangue ali será bebido pela minha terra e não se perderá. E este é o sentido profundo das belas horas que costumo passar nos seus corredores, parte no repouso do sono, parte na alegria da vigília, nesses corredores calculados com toda a precisão para a minha estatura em seus voluptuosos estiraçamentos, nas suas infantis cabriolas, nos seus repousos sonhadores e nas suas abençoadas sestas. E por mais que se pareçam entre si as pequeninas praças, todas tão minhas conhecidas, reconhecê-las-ei onde, uma por uma, na curvatura das suas paredes, embalam pacífica e aconchegadamente. Nenhum ninho embala assim a sua ave implume. E tudo, tudo é silencioso e vazio.

Visto que assim é, para que hesitar, então, para que recear o intruso mais do que eu receio o risco de não tornar a ver, talvez, o meu covil? Sim, mas esta última hipótese, felizmente é impossível. Não são precisas mais longas meditações para eu me convencer de quanto o covil significa para mim. Eu e o covil pertencemos um ao outro, de tal maneira que, não obstante todo o meu medo, poderia abandonar-me e deixar-me deslizar aqui suavemente, muito suavemente, e não teria, sequer, de me violentar para abrir, com desprezo de toda a prudência, o orifício do mesmo.

Bastaria que eu esperasse sem fazer nada, pois a verdade é que nada nos poderá separar por muito tempo, e, desta ou daquela maneira, acabarei sempre por chegar lá ao fundo. Mas, para falar verdade, daqui a quanto tempo? E durante esse tempo quantas coisas poderão acontecer, quer aqui quer lá em baixo? E pensar eu que só depende de mim abreviar esse tempo e realizar imediatamente os atos necessários.

E agora, extenuado de fadiga, a cabeça pendente, as pernas vacilantes, metade dormente, antes tateando que caminhando, aproximo-me do orifício, soergo lentamente o musgo, desço lentamente, e, por distração, deixo entrada inutilmente aberta durante um período bastante longo. Depois lembro-me do que me esqueci de fazer e volto à superfície para reparar a minha negligência. Mas eis que me vejo outra vez cá fora. Porque subi? Bastava-me ter puxado a cobertura de musgo. Bom. Então desço outra vez e puxo, finalmente, a cobertura de musgo. Só neste estado, unicamente neste estado, posso realizar a manobra. Aqui estou eu, pois, estendido no musgo, deitado no alto da pilha de caça que acabo de recolher, no meio de sangue e das carnes cujos humores escorre, e agora poderei começar a dormir o sono tão desejado. Nada me perturba, ninguém me seguiu, parece-me haver sossego por cima do musgo, pelo menos até agora, e mesmo, se não houvesse sossego, parece-me que já não seria capaz de me sujeitar a novas observações. Mudei de situação, ao regressar do mundo superior e ao voltar para o meu covil, e dou imediatamente pelo resultado: é outro mundo. É outro mundo e tudo a que lá em cima se dá o nome de fadiga aqui tem outro nome. Voltei de uma viagem, fatigado, estonteado pelas minhas aventuras; mas, se vejo a velha casa, sei que vai ser preciso armazenar todos os alimentos, visitar todos os recantos, pelo menos superficialmente, e o meu primeiro dever é precipitar-me a toda a pressa na praça-forte; tudo isto transmuda o meu cansaço em agitação e em afadigamento, é como se no momento em que entrei no covil tivesse feito um longo e profundo sono. O primeiro trabalho é muito penoso e submete-me a uma dura prova: tenho de transportar a caça morta através do labirinto, cujos corredores são estreitos e de paredes finas. Esforço-me quanto posso e o certo é que a coisa lá vai, mas muito lentamente, para meu gosto; para me dar pressa, arranco alguns pedaços de carne do monte e furo pelo meio dela, salto-lhe por cima, e como então apenas tenho diante de mim parte dessas carnes, torna-se mais fácil seguir adiante. Mas nestes estreitos corredores de tal maneira tropeço na acumulação de vitualhas que corro o perigo de sufocar no meio das minhas próprias provisões, e às vezes a única solução é pôr-me a comer e a beber. Quando consigo levar a bom termo o transporte, em pouco tempo chego ao fim. Passado o labirinto, e ao atingir um túnel retilíneo, respiro fundo.

Empurro a caça morta ao longo de um corredor de ligação que vai desembocar numa via principal preparada especialmente para este efeito; esta via desce em declive rápido até à praça-forte. Bom, acabaram-se os trabalhos, e agora tudo vai rolar e escoar-se quase por si mesmo. Eis-me, por fim, na praça-forte! Finalmente vou poder descansar! Nada está mudado, nenhuma contrariedade parece ter surgido, os pequenos estragos, visíveis ao primeiro golpe de vista, não tarda que estejam reparados. Haverá, primeiro apenas a longa caminhada a fazer através dos extensos corredores, mas isso não representa fadiga, é uma tagarelice amistosa — ainda não sou assim tão velho, mas a minha memória já esquece facilmente certas recordações —, e a mim próprio pergunto se era eu quem dava à língua ou se apenas ouvi falar destas conversas amistosas. Enceto agora o segundo corredor, com uma lentidão premeditada. Agora que já vi a praça-forte, não me falta tempo — no interior do covil o tempo nunca me falta — pois tudo quanto faço cá dentro é bom e importante e de qualquer maneira me sacia o espírito. Enceto o segundo corredor e interrompo a revisão a meio; passo ao terceiro corredor, e deixo-me levar por ele até à praça-forte. E, agora preciso de retomar novamente o segundo corredor desde o princípio. Jogo assim com o trabalho, complico-o, e rio à sucapa, e regozijo-me, e posso dizer que me embriago completamente com este trabalho, mas não largo. Por vossa causa, corredores e praças, por ti em primeiro lugar, praça-forte, arrisquei a vida para chegar até aqui, depois de por tanto tempo ter cometido a loucura de temer pela minha sorte e de retardar o meu regresso para junto de vós! Que me importa o perigo agora que estou de novo convosco? Vocês são meus, eu sou vosso, estamos unidos, que nos pode acontecer? A turba-multa pode à vontade a esta hora formar magote lá em cima; prepara o focinho que há de arrancar o musgo. E com o seu mutismo e o seu vazio, o covil saúda-me por sua vez e dá força às minhas palavras — mas eis que, entretanto, se apodera de mim certa indolência, e, num local que conta entre os meus preferidos, rebolo-me e rebolo-me, embora ainda esteja longe de ter examinado tudo, mas não quero continuar a minha inspeção até ao fim, não quero dormir aqui. Apenas acedo aqui à tentação de tomar uma atitude como que para dormir, apenas tento ver se essa postura me serve neste local tal como me servia outrora. E serve-me, efetivamente, mas não consigo libertar-me dela: aqui mesmo me quedo mergulhado num sono profundo.

Realmente devo ter dormido por muito tempo; não abri os olhos senão mesmo à beirinha do sono, no momento em que ele próprio se libertava das suas cadeias. Mas o meu sono já de si devia ser muito leve, pois a verdade é que um sussurro imperceptível me desperta. Compreendo imediatamente: são os bichinhos que eu vigiei mal, os quais, poupados por mim, durante a minha ausência cavaram um novo conduto, o qual conduto esbarrou com uma antiga galeria. O ar entra por ali dentro, e é isso que produz este sussurro. Que população infatigável que enfadonha teimosia!

Vou escutar atentamente contras as paredes do meu corredor. Depois serei obrigado a fazer alguns furos de ensaio para determinar exatamente o ponto onde se deu o estrago, e assim acabar com esse ruído. Aliás, o novo conduto, se porventura corresponder ao plano do covil, só me trará vantagens, será uma nova conduta de ar. Mas doravante terei os olhos mais abertos para estes bichinhos: nada de piedade por eles!

Como tenho uma grande experiência neste gênero de investigações, isto não vai durar muito tempo, e o melhor que tenho a fazer é principiar já. É certo que há outros trabalhos em vista, mas este é o mais urgente: preciso de silêncio nos meus corredores.

Este ruído, de resto, é bastante inocente. Nada, absolutamente nada ouvi quando cheguei, embora o ruído já devesse existir nessa altura. Foi preciso reacostumar-me à tranquilidade da minha habitação para o poder ouvir. A verdade é que só o ouvido do proprietário está em condições de o ouvir. Mas não é contínuo, como geralmente acontece com os ruídos deste gênero; há grandes períodos de silêncio, desvios, com certeza, a compressões da corrente de ar. Principio as minhas investigações, mas não consigo encontrar o ponto onde será necessário atuar. Faço algumas buscas, mas puramente ao acaso. É evidente que estas buscas também não dão qualquer resultado. E o grande trabalho de perfuração, seguido do outro, maior ainda, para tapar o buraco e nivelar a terra, resultam baldados. Não consigo chegar mais perto do ponto onde se produz o ruído, que continua a ressoar da mesma forma aguda, a intervalos regulares, ora como um rangido ora como um assobio. Afinal bem poderia, por agora, não lhe ligar importância. É certo que se torna bastante incômodo, não posso ter dúvidas quanto à sua origem. A causa que aventei é a única verídica. O ruído não vai aumentar, pois, de volume; pelo contrário, pode acontecer — mas até agora ainda o não ouvira por tanto tempo — pode acontecer, também, que ruídos deste gênero desapareçam por si com o tempo, graças aos minúsculos obreiros andando sempre mais para avante no seu trabalho de perfuração. E se porventura isso não se der, às vezes um acaso basta para nos conduzir facilmente ao ponto onde houver um desmoronamento, quando uma pesquisa sistemática pode não dar qualquer resultado. Assim me vou consolando, mas preferia continuar a percorrer os corredores e a visitar as praças, pois ainda não visitei senão uma pequena parte delas; e entretanto bem gostaria de fazer um pouco de exercício na praça-forte. Mas não me sai da cabeça a outra idéia. É preciso procurar um pouco mais além. Tempo, muito tempo, tempo que poderia ser mais proveitosamente empregado, aí está o que me custa essa bicharada. Em ocasiões destas, o problema técnico é o que em primeiro lugar me cativa. Por exemplo, graças ao ruído que se ouve, ruído que o meu ouvido tem a faculdade de distinguir e de registrar em todas as suas mais pequeninas notas, ponho-me a avaliar-lhe a causa, depois dou-me pressa em verificar se a realidade corresponde à minha hipótese. Não sem razão, pois a verdade é que, enquanto não chegar a qualquer resultado, não posso sentir-me em segurança, mesmo que se tratasse apenas de saber onde rolaria um grão de areia desprendido de uma parede. E um ruído como este, nesse aspecto, não é, de fato, coisa insignificante. Mas, quer seja ou não importante, por mais que procure, nada encontro. E logo isto havia de acontecer no meu lugar favorito, digo de mim para comigo. Afasto-me para a direita, quase a meio do caminho que leva à praça imediata, mas só me afasto por divertimento, como se quisesse provar que não foi só a minha praça favorita que me reservou esta má surpresa, e que há, por outros lados, coisas fora do seu lugar. E apuro o ouvido, sorrindo, mas para logo deixar de sorrir, pois a verdade é que também aqui se ouve o mesmo ranger. Não é nada, vou dizendo, ninguém a não ser eu seria capaz de ouvir isto, mas o certo é que o ouço agora cada vez mais nítido. O exercício apurou-me o ouvido. Em verdade, o mesmo ruído se ouve exatamente por toda a parte, posso ter a certeza, ao proceder a comparações. O ruído também não aumenta, disso me dou conta, sem pousar o ouvido diretamente na parede, ali mesmo no meio do corredor. Então é-me precisa uma intensa atenção e como que um esforço de concentração interior para conseguir adivinhar (mais do que ouvir) o sopro de um som. Mas, realmente, é este ruído, idêntico por toda a parte, que mais me perturba, pois a verdade é que isto não pode estar de acordo com a minha primeira hipótese. Se o motivo que eu suspeitara fosse certo, o ruído devia provir de um local determinado com intensidade mais apreciável. Seria necessário encontrar esse ponto e a partir dele o ruído principiaria a amortecer. Mas, se a minha explicação não estava certa, que explicação arranjar? Havia ainda a possibilidade de o ruído provir de dois pontos separados, e eu tê-los ouvido, a ambos esses ruídos, apenas de longe. Ao aproximar-me de um desses pontos, os ruídos que aí se produziam aumentavam, enquanto os do outro declinavam, e assim o resultado geral para o ouvido mantinha-se aproximadamente o mesmo. Ouvindo atentamente, julgava já quase reconhecer diferenças de sonoridade, pouco nítidas, é certo, mas confirmando a minha nova hipótese. Era evidente que ia ser necessário alargar o campo das minhas pesquisas até muito além do que até então fizera. Eis porque desço o corredor até à praça-forte, onde volto a escutar: estranho, o mesmo ruído aqui também. Sim, é o ruído provocado pela brocagem de não sei que bichos insignificantes que resolveram aproveitar, os infames, a minha ausência. Naturalmente, não os anima qualquer má intenção a meu respeito, apenas entretidos com o seu trabalho, e, enquanto não encontram qualquer obstáculo no seu caminho, conservam a direção que tomaram de princípio. Tudo isto eu o sei perfeitamente, no entanto há nisto qualquer coisa de incompreensível. Tudo isto me excita e me perturba as idéias (quando é certo que não é demais ter todo o meu espírito concentrado no meu trabalho), quando vejo que ousaram avançar até à praça-forte! Não procuro precisar: seria a profundeza considerável da praça-forte, seria a sua grande extensão e a sua poderosa circulação de ar que outrora assustavam os escavadores, ou muito simplesmente porque era a praça-forte e o estúpido espírito desses bichinhos o sabia, sabe-se lá porque serviço de informações? Fosse como fosse, nunca, até então, observara perfurações nas paredes da praça-forte. É certo que não poucos animais eram atraídos em fila pelas suas poderosas emanações, pois ali guardava a minha principal caça morta; mas limitavam-se a abrir uma passagem pela abóboda dos corredores e lá seguiam ao longo deles, ansiosos, por certo, e fortemente atraídos. Mas ei-los que perfuravam agora as próprias paredes da praça-forte. Ah! Se eu tivesse posto em prática os planos dos meus verdes anos, pelo menos os mais importantes deles — ah! Se para os executar tivesse disposto da força precisa (o desejo disso nunca me faltara).

Um dos projetos que me eram mais caros consistia em separar a praça-forte do solo circundante: deixar que as suas paredes tivessem uma espessura correspondente, pouco mais ou menos, à minha corpulência e intercalar um grande vazio da mesma extensão ao longo de todo o perímetro da praça-forte, não deixando senão um muito pequeno alicerce, que, ai de mim, não podia separar-se da terra. Aí, aí nesse vazio, é que eu sempre me representara a mais bela estada que me seria dado gozar, e com certeza me não enganava.

Estar suspenso nessa cúpula, içar-me lá para o alto, deslizar para baixo, suspender-me e ter de novo o chão debaixo dos pés, fazer todos estes exercícios no corpo, sim, no próprio corpo da praça-forte, e no entanto não penetrar no seu vero interior; poder evitar a praça-forte, poder deixar-lhe os olhos sem repouso, adiar para uma hora mais tardia a alegria de a ver e contudo não passar sem ela, antes mantê-la, no melhor sentido, entre as próprias garras, coisa impossível quando se não dispõe senão do acesso atual. Mas antes de mais nada poder velar por ela, e deste modo estar compensado da sua privação, de tal sorte que, se tivéssemos de escolher entre a estada na praça-forte ou no espaço vazio para o resto da vida, quanto mais não fosse para subir e descer e proteger a praça-forte. Nesse caso, ruído nas paredes seria impossível, não haveria insolentes trabalhos de perfuração até à praça, reinaria ali dentro a paz e eu seria o seu guardião. Não teria o desgosto de me ver obrigado a apurar o ouvido às perfurações daquela bicharada, mas escutaria, deslumbrado, uma coisa que nesta hora por completo escapa ao meu desejo: o murmúrio do silêncio na praça-forte.

Todas estas coisas, porém, não existem, e eu tenho de meter mãos à obra, quase contente por saber agora que a obra diz diretamente respeito à praça-forte, o que me dá asas. Vejo-o cada vez melhor, tenho realmente necessidade de todas as minhas forças para este trabalho que de princípio me parecia insignificante. Apuro o ouvido agora ao longo das paredes da praça-forte e onde quer que apure o ouvido, ao alto, em baixo, contra as paredes ou no chão, à entrada ou no interior, sempre, por toda a parte, o mesmo ruído. E que tempo, que tensão exige esta longa escuta, perseguindo o ruído intermitente! Podemos encontrar, se quisermos, uma pequena consolação, enganando-nos a nós mesmos, com o fato de aqui, na praça-forte, quando afastamos o ouvido do solo, não acontecer como nos corredores, não se ouvir nada, graças à grande dimensão do local. Dou-me, freqüentemente, a fazer esta experiência, quanto mais não seja para descansar, para me dar coragem: escuto, o espírito tenso, e sinto-me feliz por nada ouvir. Mas, de resto, que se passou realmente? Confrontadas com os fatos, as primeiras explicações revelam-se totalmente errôneas. Mas ainda sou obrigado a afastar outras explicações ao meu alcance. Poderíamos supor que o ruído que ouço provém, realmente, dos tais animaizinhos trabalhando. Mas isso seria contrário a todas as experiências. Uma coisa que existe desde sempre e eu nunca ouvi não posso ouvi-la bruscamente. No meu covil talvez eu me tenha tornado, com os anos, cada vez mais irritável em relação aos ruídos intempestivos, mas nem por isso o meu ouvido se terá tornado mais penetrante. O que caracterizava esses tais bichinhos era nunca serem ouvidos. Teria eu podido suportá-los, se assim não fosse? Ainda que corresse o perigo de morrer de fome, teria acabado com eles até ao último. Mas talvez — e também esta idéia penetra em mim — se trate de um animal que eu não conheço ainda. É possível. Bem certo que de há muito e bastante atentamente eu observo a vida cá em baixo. O mundo, porém, é variado e não faltam surpresas. Mas um só animal não era possível, teria de imaginar um grande enxame, que subitamente invadisse o meu território, um grande enxame de bichinhos. Naturalmente, visto ouvirem-se tão bem, trata-se dum enxame de bichos superior aos habituais, mas não muito maior, pois o ruído do trabalho que faz, considerado em si mesmo, é insignificante. Poderia tratar-se, então, de bichos desconhecidos, um enxame migrador, apenas de passagem. Incomodam-me, é certo, mas não tardarão a passar.

Eis porque mais não preciso do que esperar, sem nada fazer. Tudo que fizesse resultaria baldado. Mas se se trata de bichos estranhos, como não consigo vê-los? Aqui estou eu que já abri dois buracos, esperançado de apanhar um, e nada apanhei. Ocorre-me que sejam, talvez, bichos minúsculos, muito menores do que conheço, e só o ruído que fazem é maior. Aí está porque pesquiso na terra que levantei ao escavar. Atiro com os torrões para que eles se desfaçam nas mais pequenas partículas, mas, quanto às ruidosas criaturas, nada.

Dou-me conta, lentamente, de que não chegarei a qualquer resultado com estas sondagens ocasionais; que só destruo as paredes do meu covil. Cavo aqui e ali, à pressa, e não tenho tempo de preencher os buracos que faço. Por todos os lados se levantam já montes de terra que me obstruem a passagem e me tapam a vista. Para falar a verdade, não presto atenção a isto senão distraidamente, agora nem sequer tenho tempo para passear, para olhar em roda ou para descansar. Já me acontece, mesmo, cabecear com sono, até enquanto escavo qualquer buraco, e fico de papo para o ar, pronto a fincar as unhas na terra. Meio a dormir, ainda queria arrancar um torrão.

Agora vou mudar de método, vou abrir, na direção de onde vem o ruído, um grande buraco retilíneo, e, independentemente de qualquer idéia preconcebida, não deixarei de escavar até encontrar a verdadeira causa do ruído. E por-lhe-ei remate. Se não tiver forças, e se não for caso disso, ao menos terei obtido uma certeza. Esta certeza dar-me-á ou o apaziguamento ou o desespero, mas, aconteça o que acontecer, quer num caso quer no outro, a dúvida findará e a justificação será encontrada. Esta decisão alivia-me. Tudo que fiz até agora me parece precipitado: tudo se passou na agitação do regresso, ainda muito mal refeito das preocupações do mundo lá de cima, ainda não reintegrado na paz do covil. Privado dele por tanto tempo, tinha-me tornado excessivamente ansioso. Deixei-me perturbar e perdi a cabeça com uma aparição pretensamente estranha. De que se trata afinal? De um ligeiro rangido que não se ouve senão de tempos a tempos, qualquer coisa de nada, a que não posso dizer que me habituei. Não. Habituar-me a isto, não. Mas talvez fosse possível, sem nada tentar de momento, observar o que se passa durante certo tempo, isto é, prestar-lhe atenção, ocasionalmente, de duas em duas horas, e, sempre que o ruído se torne perceptível, escavar, raivosamente, a terra, o que não levaria a qualquer descoberta real. Eis um comportamento que apenas satisfaria a inquietação interior. Isto vai mudar agora, assim o espero. Mas esta esperança, de novo a perco — confesso-o a mim próprio, de olhos fechados, furioso contra mim mesmo —, pois a inquietação vibra ainda em mim exatamente como há horas. E, se não fosse a razão a conter-me, era natural que tivesse preferido escolher qualquer outro sítio, sem querer saber se aí se ouvia ou não qualquer coisa, e principiar a escavar, estupidamente, obstinadamente, movido pelo único prazer de escavar, quase como esses tais bichinhos, que o fazem sem razão nenhuma ou apenas porque se alimentam de terra. A prudência do meu novo plano seduz-me sem me seduzir. Nada tenho a objetar contra ele; pelo menos, não vejo nenhuma objeção; o novo plano deve dar resultado. E, no entanto, bem no fundo, não acredito nele, acredito tão pouco nele que nem sequer receio os sustos eventuais perante o que me levará a descobrir; não creio, mesmo, num resultado assustador. Sim, afigura-se-me que, desde que o ruído apareceu, já me veio à cabeça fazer esta perfuração numa direção determinada, e, se me não decidi a fazê-la, foi porque me não oferecia confiança. Todavia, naturalmente, vou principiar a abrir o buraco, não me resta outra possibilidade; mas não começarei imediatamente, vou esperar. Se eu voltasse à razão e a restabelecer a soberania dela sobre mim mesmo, não me precipitaria neste trabalho. Trataria, primeiro, de reparar os estragos que eu próprio causei no covil com as minhas remexidas; iria perder muito tempo, mas seria necessário. Se o novo buraco conduzir a qualquer resultado, vai levar tempo, e, se não conduzir a nenhum, tudo estará acabado. Seja como for, este trabalho representa uma ausência prolongada do meu covil. Não é tão terrível como quando me ausento para o mundo superior; posso interrompê-lo quando quiser e voltar a casa a título de visita, e, mesmo que não volte, o ar da praça-forte vai chegar até mim e envolver o meu trabalho nos seus eflúvios. Mas isto quer dizer, no entanto, que me afastarei do meu covil e que o entregarei a um destino incerto. Eis porque o quero deixar arrumado. Não se deve dizer que eu, que me bati pela sua tranquilidade, eu próprio o danifiquei e nem sequer me lembrei de o reparar. Aqui está; principio a atirar terra aos buracos, é um trabalho que faço com toda a perfeição. Quantas vezes o tenho feito, pode dizer-se sem o considerar trabalho, e, no que diz respeito ao empilhamento e ao nivelamento, sou capaz de dar conta do recado não se trata de elogio em boca própria, mas da verdade verdadeira — insuperavelmente. Mas, desta vez, a coisa parece-me difícil; estou distraído. A cada momento, no meio do meu trabalho, encosto a orelha à parede e ponho-me a escutar, deixando que a terra mal comprimida se espalhe pelos corredores. Não tenho cabeça para me dar a arranjos esmerados, o que me exigiria muita atenção. Por toda a parte deixo bossas detestáveis, desigualdades de terreno intempestivas, sem falar em que não consigo dar-lhes o garbo antigo, que as paredes assim reparadas nunca terão. Procuro consolar-me, dizendo de mim para comigo que se trata de um arranjo provisório. Quando voltar e a paz for de novo restabelecida, então repararei tudo definitivamente. Tudo isto poderá ser feito então num abrir e fechar de olhos.

Sim, nos contos de fadas, tudo se faz num abrir e fechar de olhos e a consolação que eu sinto é também de conto de fadas. Mais valia proceder agora, no decorrer da sessão, a um trabalho perfeito. Seria muito mais útil que interrompê-lo a cada instante, abalando em excursões através dos corredores para verificar novas fontes de ruído, o que é, realmente, muito fácil, pois a verdade é que não pede qualquer esforço, a não ser o de me deter, onde quer que seja, de ouvido à escuta. E faço ainda outras descobertas inúteis. Às vezes afigura-se-me que o ruído parou, sim, tem demoradas paragens. Acontece não ouvirmos mais o tal ranger, tanta a força com que o sangue nos bate nos ouvidos. Depois duas interrupções confundem-se numa só e por momentos julgamos ter o rangido desaparecido para sempre. Nada se ouve por muito tempo, pulamos, toda a existência sofre uma revolução que a transforma de alto a baixo, é como se a fonte de onde mana a paz do covil se reabrisse. Tentamos não verificar imediatamente a descoberta, procuramos alguém a quem confiar primeiro a nova, como se de uma certeza se tratasse. Eis porque nos pomos a galopar direitos à praça-forte, e agora, que despertamos para uma vida nova, ressurreição de todo o nosso ser, lembramo-nos de que nada comemos há muito tempo já. Tiramos seja o que for do meio das provisões que desaparecem, em parte enterradas, e, ainda não tivemos tempo de engolir o bocado, já nos precipitamos para o local da incrível descoberta: não nos queremos convencer uma vez mais, se não de passagem, fugitivamente, no meio do repasto. Apuramos o ouvido, mas, basta escutar como quem não quer a coisa, para nos convencermos de que fomos deploravelmente enganados. O rangido permanece inalterado ao longe. E cuspimos o que temos na boca, apetece-nos pisá-lo aos pés e enterrá-lo no solo, e aí voltamos à nossa tarefa, não sabemos lá muito bem a que tarefa, algures onde seja necessária, porque não falta aonde. Principiamos a fazer qualquer coisa, mecanicamente, como se o fiscal tivesse aparecido e precisássemos de fingir. Mas, mal principiamos a trabalhar desta sorte, logo fazemos nova descoberta. O ruído parece ter aumentado de volume, não muito mais, naturalmente, mas, apesar de tudo, sempre aumentou qualquer coisa. Não se trata, é claro, senão de finas nuanças, mas não há dúvida de que aumentou de volume; o ouvido dá por isso com toda a clareza. E, tornando-se mais forte, parece aproximar-se. E mesmo que não déssemos pelo aumento do volume do som, podíamos ver com os nossos olhos o caminho que faz para se aproximar. De um salto, afastamo-nos da parede e procuramos dominar, com um golpe de vista, todas as conseqüências da descoberta. No sentimento que se apossa de nós, é como se nunca tivéssemos preparado o covil para nos defendermos de um verdadeiro ataque.

Naturalmente, que a nossa intenção sempre foi essa, mas, com desprezo da experiência da vida, dir-se-ia que o perigo de um ataque parecia afastado e por isso íamos adiando as medidas de defesa, não, não as adiávamos (como seria possível?), relegávamo-las para segundo lugar, dávamos-lhes lugar secundário em relação aos arranjos com vista a uma vida pacata, a coisa que mais importância tinha nos meus trabalhos. Muitas medidas de precaução poderiam ter reforçado o dispositivo de defesa, sem prejudicar o plano geral, e descuidei-me delas de maneira incompreensível. Muita foi a felicidade de que gozei durante todos estes anos; e a felicidade estragou-me. É certo que me sentia inquieto, mas a inquietação, na felicidade, não leva a nada de concreto.

O que havia a fazer agora era inspecionar de alto a baixo o covil, atendendo por toda a parte à defesa e considerando todas as vantagens do terreno. Seria necessário então elaborar um plano de defesa. Os trabalhos deviam principiar imediatamente, e eu meteria mãos à obra, fresco e bem disposto como um jovem. Ora aqui está o que se impunha fazer-se, mas naturalmente, diga-se de passagem, é demasiado tarde para principiar. No entanto é esse o trabalho a fazer, e não pôr-me aqui a escavar seja onde for um grande buraco de prospecção, obra em que acabaria por consumir todas as minhas forças na procura do perigo, como se fosse tão tolo para pensar que o perigo não viria ter diretamente comigo.

Subitamente, deixo de compreender o meu plano anterior. Não consigo encontrar ponta por onde pegue em tal plano, plano que então me parecia o mais acertado deste mundo. Abandono de novo o trabalho, e deixo de escutar. Não quero convencer-me de que o barulho ainda aumentou mais, estou farto de fazer novas descobertas, abandono tudo, já me daria por muito satisfeito se conseguisse serenar o meu conflito interior.

Deixo-me conduzir outra vez ao longo dos meus corredores, que me levam para longe, cada vez para mais longe, até sítios que ainda não visitei depois do meu regresso e onde as minhas unhas ainda não escavaram. Assim que chego, o silêncio que aí reina desperta e inclina-se para mim.

Não me deixo tentar, dou-me pressa em seguir avante; não sei o que procuro, naturalmente apenas ganhar tempo. Afasto-me tanto que chego ao labirinto e sinto-me tentado a prestar ouvidos ao que se passa por cima da camada de musgo. Eis que me interesso por coisas longínquas, assaz longínquas de momento. Subo até ao alto e apuro o ouvido. Profundo silêncio; que bem se está aqui! Ninguém suspeita da existência do meu covil. Cada um vai à sua vida, e as ocupações de cada um nada têm a ver com as minhas. Esta tranqüilidade, eis o objetivo de todos os meus esforços. Aqui, sob esta cobertura de musgo, é talvez o único ponto do meu covil onde posso apurar o ouvido debalde durante horas — dir-se-á que se deu uma revolução completa nas coisas: o ponto que no meu covil, até há pouco, era o mais vulnerável, tornou-se o local mais pacífico. Entretanto a praça-forte foi arrastada para o tumulto do mundo e seus perigos. Mas pior: aqui também, em verdade, não há paz, aqui nada mudou, quer seja silencioso ou ruidoso, o perigo lá está por cima do musgo, espia-me como sempre; apenas me tornei insensível em relação a ele, pois os rangidos nas minhas paredes trazem-me sobressaltado em demasia, para com ele poder ocupar-me.

Sobressalta-me? Cada vez está mais forte, vai-se aproximando, enquanto me contorço no labirinto e me instalo lá no alto (aqui estou mesmo debaixo do musgo). É quase como se abandonasse a minha casa ao animal que para mim avança rangendo os dentes, como se eu me contentasse apenas com gozar aqui um bocadinho de sossego. O animal que avança para mim? Mas saberei eu ao certo, terei eu uma opinião qualquer acerca da origem do ruído? Provirá esse ruído, realmente, das galeriazinhas que os bichinhos escavam? Não é esta a idéia a que me apego? Na verdade, não me afastei ainda dela. E se o ruído não provém diretamente dessas galerias, então, seja como for, delas provêm indiretamente. Mas se o ruído nada tem que ver com essas galerias, nada poderemos dizer de antemão; e o melhor é esperar até que possamos ver, a menos que a causa do ruído não acabe por mostrar-se por si própria. Ainda agora podíamos entreter-nos a brincar com as hipóteses, nada nos impedia de dizermos, por exemplo, que um conduto de água se abrira algures a distância, e o que se nos afigurava um ranger de dentes ou um assobio era, afinal, um borbulhar. Mas, para nada dizer da minha inexperiência nesta matéria, o fato é que continua a ser um rangido e que de nada vale transformá-lo num borbulhar de água graças a um esforço de interpretação.

Por mais que eu me exorte a estar calmo, a imaginação não sossega, não pára, e começo a crer, renitentemente, que o ranger vem de um animal — inútil esconder isto a mim próprio — e não de um grande número de bichinhos; sim, de um só, de um grande animal. São vários os argumentos contra esta hipótese. Como é possível este ruído ouvir-se por toda a parte, e por toda a parte com o mesmo volume de som, e ainda por cima continuar, noite e dia, invariavelmente regular? Sim, era de crer, realmente, que se tratasse de grande número de pequenos bichos, mas já por várias vezes escavei a terra no intuito de os atacar, e nada encontrei. Portanto, não há outra solução senão admitir a existência de um animal corpulento. O que parece impedir tal suposição é o fato de se tratar de particularidades que, em vez de tornarem impossível a existência desse animal, a fazem apenas parecer perigosa para lá de tudo o que possa imaginar-se. Eis o único motivo por que me recusei a aceitar esta hipótese. Agora dou de barato essa ilusão. De há muito já que me entretenho com idéias destas: se continua a ouvir-se a grande distância, é que trabalha, fura, cava a sua passagem na terra, tão facilmente como um transeunte que avança por um terreno livre; a terra treme enquanto ele escava, treme depois de ele passar. Este estremecimento que continua para além da sua passagem confunde-se, à distância, com o ruído do próprio trabalho, e a mim afigura-se-me o mesmo por toda a parte, trata-se de um fluxo de que ouço as últimas vibrações.

Para mais, o animal não caminha na minha direção, e é por isso que o ruído se mantém invariável. Segue um plano cujo significado ainda ignoro.

Sem querer dizer que ele sabe da minha existência, admito apenas que procura cercar-me, já traçou vários círculos em volta do meu covil desde que me dou às minhas observações. A natureza do ruído, ranger de dentes ou sopro, dá-me muito que pensar. Quando eu escavo, quando eu fosso na terra à minha maneira, o que se ouve é muito diferente. Não posso compreender o ranger de dentes senão na hipótese do animal trabalhar sem utilizar as unhas como utensílio essencial — realmente, pode apenas utilizá-las como auxiliares —, mas serve-se do focinho e da tromba, e com certeza esta tromba não apenas é extraordinariamente poderosa, deve estar armada também de não sei que espécie de gume. Na melhor das hipóteses, o animal atira violentamente a tromba para diante e com uma simples marrada cava, arranca, grande porção de terra. Enquanto esta manobra dura, não ouço nada, é o intervalo de silêncio. Mas, ato contínuo, volta a aspirar o ar para nova marrada. A sua maneira de aspirar o ar deve fazer estremecer a terra, não apenas por causa da força do animal, mas porque ele se dá pressa, porque se atarefa no seu trabalho. É este ruído que eu ouço então como se fosse um ligeiro ranger de dentes. Aliás, não consigo compreender como pode ele trabalhar ininterruptamente. Talvez as curtas pausas lhe permitam descansar um instante; mas, pelo que parece, ainda não gozou de qualquer prolongado repouso. Escava noite e dia, sempre com a mesma força e a mesma infatigável energia. Tem um plano diante dos olhos. Sabe que precisa de o executar o mais depressa possível, e o certo é que lhe não faltam meios. Pois bem! Nunca esperei ter de enfrentar um adversário deste quilate. Mas, para nada dizer das características do adversário, qualquer coisa se está a passar que eu sempre deveria ter temido, qualquer coisa contra a qual sempre deveria ter feito os meus preparativos: algo terá aparecido aqui de novo! Como foi possível que por tanto tempo tudo decorresse em paz e felicidade? Quem guiou os meus inimigos para que o seu itinerário faça este grande arco de círculo em volta do meu domínio? Porque gozei eu por tanto tempo de segurança para agora cair em tais sustos? Esses pequenos perigos que eu passava o tempo a ruminar, que insignificantes eram comparados com estes! Lá porque eu era o proprietário do terreno, havia de me convencer de que levaria a melhor sobre todo e qualquer que surgisse? E é precisamente na minha qualidade de proprietário desta grande obra vulnerável que me vejo à mercê do primeiro ataque um pouco mais rápido. A felicidade da posse estragou-me, a vulnerabilidade do covil tornou-me vulnerável, as suas feridas fazem-me sofrer como se fossem minhas próprias.

Eis no que eu deveria ter pensado, sem me limitar a pensar somente na minha própria defesa — foi tudo quanto soube fazer, e quão ligeiramente, quão vãmente! —, mas também devia ter pensado na defesa do covil. Eis as primeiras disposições a tomar: o covil devia ter sido dividido em partes separáveis, as partes independentes deveriam ser tão numerosas quanto possível, e, quando alguém as tivesse atacado, todas elas deveriam poder ficar isoladas graças a desmoronamentos de terra provocados num abrir e fechar de olhos. Assim, as partes menos ameaçadas ficariam preservadas. E as quantidades de terra desmoronadas seriam de tal magnitude que o adversário não poderia supor que o verdadeiro covil principiava de fato atrás disso. Ora estes desmoronamentos não teriam servido apenas para esconder o covil, mas ainda para enterrar o agressor. Não mexi um dedo para realizar este trabalho; neste sentido nada, absolutamente nada se fez; fui imprevidente como uma criança. Consagrei os meus anos de adulto a brincadeiras de criança, a própria idéia do perigo fazia parte dos meus divertimentos. Nunca pensei a sério nos perigos reais. E no entanto não me faltaram avisos.

Não, nunca se produziu nada de comparável ao que neste momento me sucede, e contudo algo de parecido ocorreu nos primeiros tempos do covil.

Mas aí está a diferença: era precisamente nos primeiros tempos do covil... Eu trabalhava então como simples aprendiz, ainda abria os primeiros corredores, o labirinto apenas estava esboçado nos seus traços gerais; já tinha aberto uma pequena praça, mas as proporções e o estilo das abóbadas não valiam nada, eram completamente falhados. Numa palavra, tudo estava ainda no princípio, e tão pouco adiantado que poderia ter passado por uma dessas tentativas que se abandonam sem grande pena, quando nos falta a paciência. E eis aqui o que aconteceu: tinha interrompido o meu trabalho — em minha vida demasiadas vezes interrompi o meu trabalho — e estava deitado no meio dos meus montes de terra, quando, de súbito, ouvi um ruído a distância. Muito novo tinha de ser! O ruído pôs-me mais curioso do que inquieto. Abandonei o trabalho e pus-me a escutar. Escutava sem interrupções, sem correr a esconder-me no musgo para não ouvir. Pelo menos apurava o ouvido. Podia distinguir perfeitamente que se tratava de um ruído de aterro parecido com o meu, ressoava, para falar verdade, um pouco mais debilmente, mas era impossível saber se essa diferença se imputava à distância. Estava atento, mas, quanto ao resto, mantinha-me frio e sereno. Talvez eu estivesse no covil de outro, e o seu proprietário abrisse caminho para mim. Se esta hipótese tivesse resultado exata, eu ter-me-ia retirado para construir a minha casa em qualquer outro ponto: nunca me propus conquistas nem nunca gostei de agressões. Mas era novo então, e ainda não tinha nenhum covil, nada me impedia de me mostrar frio e sereno. E o que veio a ocorrer depois não me perturbou mais: a única dificuldade estava em adivinhar em que sentido escavava o desconhecido: aquele que ali perto escavava a terra dirigia-se realmente na minha direção, por me ter ouvido trabalhar? Fosse como fosse, agora que ele mudava de direção, não era possível dizer porque se afastava. Seria porque, interrompendo eu o meu trabalho, lhe fizera perder o seu ponto de referência? Ou seria apenas porque mudara de intenções? Talvez me tivesse redondamente enganado: ele nunca se dirigira para mim. Sucedeu aumentar o ruído ainda durante um certo espaço de tempo, como se ele se aproximasse. Eu, na minha segurança de jovem, não teria desgostado de ver então o animal cavouqueiro emergir do chão. Mas nada disso aconteceu. A partir de certa altura o ruído do aterro começou a diminuir, tornou-se fraco, cada vez mais fraco, como se o cavouqueiro se afastasse progressivamente da sua primeira direção. E, de repente, desapareceu por completo, como se ele se tivesse decidido a tomar uma direção diametralmente oposta e como se se afastasse de mim em linha reta para ganhar o longe. Durante algum tempo ouvi-o ainda afastar-se no silêncio, antes de recomeçar o meu trabalho.

Sim, esta advertência era bastante significativa, mas não tardou que a esquecesse, e nenhuma influência exerceu sobre os meus planos de construção.

Entre esse tempo e o dia de hoje interpõe-se toda a minha idade viril, mas não é como se nada se tivesse passado entre nós dois. Continuo sempre a fazer grandes interrupções no meu trabalho e escuto na parede: o cavouqueiro acaba de mudar de idéias, deu meia-volta, regressa da sua viagem, e supõe ter-me deixado depois disso tempo bastante para me preparar para recebê-lo. Mas do meu lado tudo está muito menos preparado do que nesses bons tempos de outrora. O covil ali está indefeso, e eu já não sou um aprendiz, mas um velho mestre pedreiro, e no momento decisivo eis que me abandonam as últimas forças que me restavam. Por mais velho que eu seja, afigura-se-me que ainda queria ser mais velho, tão velho que nem forças tivesse para me soerguer do recanto debaixo do musgo onde descanso.

Realmente, já não posso agüentar-me mais aqui; ergo-me e precipito-me de novo em casa. Desço, como se ali não tivesse feito outra coisa senão encher-me de novas angústias, em vez de ganhar calma. — Onde haviam ficado as coisas no último momento? Tinha o rangido diminuído? Não, tornara-se mais forte ainda.

Apuro o ouvido ao acaso em dez pontos diferentes e verifico o meu erro com toda a nitidez: o rangido é o mesmo, nada mudou. Lá em cima tudo continua imóvel, sentimo-nos tranqüilos, planamos para além do tempo. Mas aqui, assim que apuramos o ouvido, cada momento nos sentimos sacudidos.

E eis que regresso pelo longo enfiamento que conduz à praça-forte.

Tudo me parece num grande estado de excitação, tudo parece fixar-me com a vista; depois o olhar desvia-se para não me perturbar, e, no entanto, tudo se volta de novo para mim para me ler no rosto a decisão que trará a salvação. Abano a cabeça: a respeito de decisões, nem uma.

Se me dirijo para a praça-forte, não é para pôr em execução um plano qualquer. Passo diante do local onde quis pôr em prática a experiência da grande perfuração. Examino-o de novo; teria sido um lugar apropriado, o buraco teria seguido na direção onde se encontram os pequenos condutos de ar, que teriam facilitado muito o meu trabalho, e talvez tivesse sido obrigado a escavar por muito tempo, talvez não tivesse tido necessidade de escavar até ao ponto onde se produz o ruído. Teria bastado escutar nos condutos de ar. Mas não há considerações, por mais fortes que sejam, que me convençam a iniciar este trabalho de perfuração.

Deverá esta perfuração dar-me a certeza? Cheguei a um ponto em que não desejo já ter a certeza.

Na praça-forte, enfim, escolho um bom pedaço de carniça vermelha, bem limpa de pele, e levo-a comigo para me enterrar num bom pedaço de areia. Ali, pelo menos, estarei sossegado, na medida em que pode ainda falar-se em sossego aqui dentro. Lambo, rilho a carniça com gula, penso de quando em quando no animal estranho que continua o seu caminho lá longe, depois regresso à minha idéia: enquanto for possível, aproveitarei da melhor maneira, refastelando-me com as minhas provisões. É este, provavelmente, o único plano que ainda me é dado pôr em execução. Aliás, tento decifrar o plano do animal. Andará ele a passear ou estará construindo a sua própria toca? Se anda a passear, talvez que a gente possa entender-se. Se realmente me cai em cima, estou disposto a ceder-lhe algumas das minhas provisões, e ele seguirá o seu caminho. No meu pedaço de terra todos os sonhos são permitidos, podemos mesmo sonhar com um entendimento pacífico com o animal desconhecido, embora eu tenha a certeza de que essa eventualidade está radicalmente excluída, e sei muito bem que no momento em que dermos de cara um com o outro, ou melhor ainda, no instante em que apenas nos pressentirmos a pequena distância, vamos precipitar-nos um contra o outro, de garras e dentes prontos a fincarem-se, atirando-nos um ao outro, exatamente na mesma fração de segundos, cegos de cólera, movidos por uma fome desconhecida, mesmo fartos a mais não poder. E eu estarei no meu direito, como sempre, pois, se ele apenas passeia, qual o animal que, à vista do meu covil, não alteraria os seus planos de viagem e os seus projetos de futuro? Mas talvez seja no seu próprio covil que o animal desconhecido realize os seus trabalhos de aterro, e então não há acordo possível, mesmo em sonhos.

E ainda mesmo que o referido animal tivesse a extraordinária singularidade de suportar fosse quem fosse na sua vizinhança, o certo é que o meu covil, por seu lado, não o suportaria a ele. Pelo menos não agüentaria um vizinho tão barulhento. Bem certo que o animal parece muito afastado, e, se ele não fizesse senão retirar-se um pouco mais para longe, o ruído não tardaria a desaparecer, e talvez tudo viesse a entrar na ordem como antigamente. Tudo isto não teria passado de uma má, embora benéfica, experiência, animando-me a encetar toda a sorte de aperfeiçoamentos no meu covil. Quando me vir sossegado e o perigo não for muito premente, ainda serei capaz de me entregar a trabalhos consideráveis, e de todos os gêneros. E, se o animal quiser ter em conta as possibilidades inauditas que lhe dá a sua capacidade de trabalho, acabará por renunciar a ampliar o seu covil na direção do meu e expandir-se-á noutro sentido.

Mas tampouco isto pode ser objeto de qualquer compromisso. Seria necessário que ele acabasse por reconhecer que assim era graças ao seu próprio bom senso, ou então que a decisão lhe fosse imposta, por minha parte, à força. Decisivo nesta alternativa é o saber-se se o animal tem ou não conhecimento da minha existência. Quanto mais penso nisso mais se me afigura contrário à verosimilhança que o animal não haja compreendido qualquer coisa. É impossível — embora eu não chegue a ter disso uma idéia nítida — que ele não tenha qualquer informação a meu respeito, mas pode não me ter ouvido, pois me mantive no maior silêncio. Não há operação mais silenciosa que esta de tornar a ver o meu covil. Depois, quando me dei às experiências de perfuração, talvez o animal me tivesse ouvido, embora a minha forma de escavar seja muito pouco ruidosa. Mas, se me tivesse ouvido, também eu teria notado qualquer coisa: pelo menos era natural que ele se interrompesse freqüentemente no meio do seu trabalho e que escutasse. Mas tudo continuou sem qualquer alteração.

NOTA:
Acaba aqui o texto, deixado por Franz Kafka, desta obra-prima excepcional. Apenas não nos legou o autor algumas páginas relativas à descrição do combate decisivo em que devia sucumbir o herói desta maravilhosa narração.

O MÉDICO DE ALDEIA

Eu estava muito embaraçado: devia partir, com urgência; alguém muito doente esperava-me numa aldeia a dez milhas, dali; violenta tempestade de neve me separava do doente; eu tinha um carro, leve, de grandes rodas, exatamente o modelo que convinha para as nossas estradas. De peliça às costas, o estojo na algibeira, esperava no pátio, pronto a partir; mas faltava o cavalo, o cavalo. Na noite anterior, daquele inverno de gelo, o meu sucumbira no seu posto; eis porque a minha criada percorria a aldeia pedindo um emprestado, embora condenada a não ser bem sucedida. Eu tinha disso a certeza. E eis-me ali, inutilmente, cada vez mais hirto, sob a neve que me cobria com um manto pouco a pouco mais pesado. Por fim a criada apareceu, ao portão, sozinha, balançando a lanterna. Evidentemente quem é que ia emprestar um cavalo, por uma noite daquelas, para tão longa viagem?

Voltei a atravessar o pátio; não via solução. Distraído e atormentado, dei um pontapé na porta oscilante da pocilga que não se utilizava há anos. Abriu-se e bateu várias vezes. Despertou-me a atenção um cheiro e um calor de cavalariça. Uma fosca lanterna de estábulo balançava, pendente de uma corda. Acocorado a um canto, um homem mostrou-me o seu olhar azul e o seu rosto aberto.

— Quer que atrele? — perguntou, saindo de gatas. Eu não soube que responder e debrucei-me para ver o que haveria ainda no chiqueiro. A criada continuava a meu lado.

— Nunca se sabe o que se pode encontrar na nossa própria casa disse ela, e rimos ambos.

— Eh! Irmão! Eh! Irmão! — gritou o cocheiro; e dois cavalos, fortes animais de imponentes rins, saíram um atrás do outro, pernas coladas ao corpo e inclinando as belas cabeças, como camelos, libertando-se, graças a um simples impulso reptante do tronco, da abertura da porta que enchiam por completo. Mas uma vez cá fora, logo se empertigaram, o corpo fumegante.

— Ajuda-o — disse eu; e a criada, solícita, apressou-se a entregar os arreios ao criado. Mas, mal se chegou a ele, ei-lo que a agarra e encosta o rosto contra o dela. Ela dá um grito e refugia-se junto de mim; duas fileiras de dentes imprimiram-se-lhe, vermelhas, na bochecha. Furioso, grito ao cocheiro:

— Meu bruto, merecias uma chicotada!

Lembro-me, porém, de que é um estranho, de que ignoro de onde vem, e de que se propõe ajudar-me quando todos me abandonam. Dir-se-ia ler o meu pensamento, pois, em vez de acolher mal a minha ameaça, volta-se, naturalmente, para mim, sem deixar de se ocupar dos cavalos.

— Monte! — disse, em seguida, e na verdade, tudo estava em ordem. Nunca viajara com uma parelha tão ricamente ajaezada. Subo alegremente para o carro.

— Sou eu quem conduz — digo-lhe eu — tu não conheces o caminho.

— Naturalmente — replica-me ele — eu não vou consigo, fico com a Rosa.

— Não! — grita a Rosa — Percebendo inevitável o seu destino, esta foge para casa; ouço tilintar a corrente da porta, que fecha; ouço a lingüeta da fechadura soltar-se; vejo-a apagar a luz do corredor, e depois a dos quartos, na esperança de não ser encontrada.

— Tu vens comigo! — ordeno ao cocheiro — caso contrário renuncio à viagem, por muito urgente que seja. Não me apetece pagar-te o serviço com aquela moça.

— Bom! — exclamou ele. Bateu palmas e o carro aí vai ele como um pedaço de madeira numa torrente. Ouço ainda a porta de casa estalar, despedaçando-se sob os punhos e os pés

do cocheiro. Depois, ouvidos e olhos enchem-se-me dum zumbido que logo se comunica a todos os outros sentidos. Só por momentos, todavia, pois, dir-se-ia que a porta do meu doente era mesmo à beira da minha: já lá estou. Os cavalos permanecem imóveis, a neve deixou de cair, o luar banha tudo em redor. Os pais do doente, que surgem à porta de casa, seguidos da enfermeira, arrancam-me quase do carro; não compreendo nada do que confusa e atabalhoadamente me dizem. No quarto do doente o ar é irrespirável; o lume fumega, abandonado. Preciso de abrir a janela. Antes, porém, quero ver o doente. Magro, sem febre, sem frio, sem calor, de olhar vago, sem camisa, o rapaz soergue-se de sob a coberta, dependura-se-me ao pescoço para me segredar:
— Doutor, deixe-me morrer! — Observo em torno de mim; ninguém ouviu; os pais ali estão parados, inclinados, mudos, à espera do meu veredictum; a irmã trouxe uma cadeira para o meu estojo. Abro-o e remexo os instrumentos; o rapaz continua de mãos estendidas para mim, como a recordar-me o seu pedido.

Pego numa pinça, examino-a à luz da vela e torno a guardá-la. "Sim", digo de mim para comigo, revoltado, "nestes casos os deuses ajudam-nos, enviam-nos o cavalo que nos falta, oferecem-nos, mesmo, um segundo cavalo para que cheguemos mais depressa, e ainda por cima um cocheiro". Só então me lembrei da Rosa. Que fazer? Como salvá-la? Como livrar-lhe o corpo do peso daquele cocheiro, a dez milhas dela, com cavalos que não sei conter? Estranhos cavalos, que desatam os arreios; que abrem, não sei como, as portadas das janelas, que enfiam a cabeça pelo quarto dentro e contemplam o doente, imperturbados com os gritos da família. "Volto já" digo de mim para comigo, como se os cavalos me convidassem a pôr-me caminho. Entretanto deixo agir a enfermeira, que, julgando-me tonto de calor, me despe a peliça.

Trazem-me um copo de rum, o velho bate-me no ombro; aquele tesouro justifica a sua familiaridade. Sacudo a cabeça;

sufocaria no estreito círculo dos seus pensamentos; só por essa razão recuso beber. A mãe, junto do leito, chama-me à cabeceira do filho; obedeço-lhe, e, enquanto um dos cavalos lança para o ar um relincho estridente, pouso a cabeça no peito do rapaz, que a minha barba molhada faz estremecer. O que eu suponho confirma-se: o rapaz está bem de saúde, talvez um pouco anêmico, talvez demasiado embebido em café, graças ao inquieto zelo da mãe, mas bem de saúde, e o melhor seria obrigá-lo a levantar-se com um palavrão. Não penso reformar o mundo, porém. Deixo-o na cama. Sou pago pelas autoridades do distrito e cumpro o meu dever dentro dos limites impostos, até um ponto em que se dirá excessivo. Mal pago, sou generoso e compassivo para com os pobres. Mas não posso esquecer-me da Rosa. Afinal o rapaz talvez tenha razão, também me apetece morrer. Que faço eu aqui neste Inverno sem fim? O meu cavalo morreu, ninguém na aldeia me empresta outro. Vejo-me obrigado a tirar carro e cavalos da pocilga. Se o acaso me não tem ali colocado aqueles, ver-me-ia sujeito a atrelar porcos. Esta é a situação. E faço um aceno de cabeça à família. Nenhum deles sabe de nada; se soubessem, não acreditavam. É fácil escrevermos receitas, mas difícil entendermo-nos com as pessoas. Vamos, a minha visita terminou, incomodaram-me mais uma vez inutilmente; já estou habituado, toda a gente me martiriza a puxar-me a campainha de noite. Mas desta vez dar-lhes Rosa por acréscimo, a bela moça há anos comigo sem eu lhe prestar grande atenção... é sacrifício grande demais. Vejo-me obrigado a aceitar, porém, essa idéia, graças a sutis considerações que me impedem de me atirar àquela família, incapaz de voltar a dar-me Rosa, por muito boa vontade que tivesse. Quando fecho, porém, o estojo e aceno para que me tragam o casaco, ao ver aquela família — o pai a cheirar o copo de rum erguido na mão, a mãe, naturalmente desapontada, que esperava aquela gente?, chorando e mordendo os lábios, e a irmã a brandir uma toalha ensangüentada, — sinto-me pronto a conceder, sob reserva, que, no fim de contas, o rapaz talvez esteja doente. Dirijo-me a ele, que me sorri como se eu lhe levasse o mais tonificante dos caldos... Ah! lá estão os cavalos a relinchar; esse ruído deve ser prescrito por ordem superior para facilitar a auscultação. Agora, vejo-o bem: sim, o rapaz está doente. No flanco direito, à altura da anca, abriu-se-lhe uma ferida do tamanho de um pires. Rosada, matizada de mil tons, escura no fundo, depois sempre mais clara ao aproximar-se dos bordos, de grão fino, sangue irregularmente distribuído, cavada como um poço de mina. Assim se apresenta a distância. De perto, ainda parece pior. Quem pode olhar para aquilo sem soltar um leve assobio? Vermes, da grossura e comprimento do meu dedo mínimo, rosados e sujos de sangue, estorcem-se no fundo da chaga que os contém. Dela emergem as suas cabecinhas brancas, enquanto agitam à luz um sem número de patas minúsculas. Pobre rapaz, ninguém poderá fazer nada por ti. Descobri a tua grande chaga; vais morrer dessa flor no teu flanco.

A família parece contente, vendo-me entregue ao trabalho; a irmã di-lo à mãe, a mãe ao pai, o pai aos visitantes que penetram em bicos de pés, de braços estendidos em balancé, pelos raios do luar que entram pela porta aberta.

— Salvar-me-ás? — sussurra entre dois soluços o rapaz completamente hipnotizado pela vida que se lhe agita na ferida. Eis como são as pessoas da minha terra. Exigem sempre o impossível do médico. Perderam a fé antiga; o padre, em casa, transforma em fios de linho os mandamentos sacerdotais, mas o médico é obrigado a tudo fazer com as suas leves mãos de cirurgião. Pois bem, como quiserem. Não fui eu que me ofereci. Se quiserem servir-se de mim para obedecer a um desígnio sagrado, não serei eu quem os impeça. Que mais hei de fazer, — eu, velho médico de aldeia a quem raptaram a criada? E eis que vêm então as pessoas de família e os anciãos da terra, e me despojam das minhas vestes. Um coro de alunos, com o mestre à frente, plantou-se diante da casa e canta uma ária muito simples:

Dispam-no, ele sarará.
Se não sarar, matem-no.
Um médico apenas, um médico apenas.

E assim eis-me despido. Olho tranqüilamente para as pessoas, de dedos enfiados na barba, a cabeça inclinada para o lado. Estou senhor de mim; sinto-me superior a todos, e assim permaneço, embora me não sirva de nada. Pegam-me pelos pés e pela cabeça e levam-me para a cama. Deitam-me contra a parede, do lado da ferida. Depois saem todos do quarto, fecham a porta, o cântico pára; nuvens perpassam diante da lua; sinto o calor das cobertas; como sombras, os cavalos às duas janelas incensam os ares.

— Como vês — ouço a meu lado, junto ao ouvido — não tenho grande confiança em ti. Também foste atirado de qualquer modo, não vieste pelas tuas próprias pernas. Em vez de me ajudares, ainda fazes mais pequeno o meu leito de morte. Se desse ouvidos ao que sinto, arrancava-te os olhos.

— É verdade — digo eu — que vergonha! Mas sou médico, que hei de fazer? Acredita, o meu papel também não é fácil.

— Terei de contentar-me com essa desculpa? Ai de mim, que remédio! Tenho sempre de me contentar. Vim ao mundo com uma bela chaga; foi tudo quanto trouxe.

— Jovem amigo, o teu defeito é não saberes ver as coisas a uma certa distância. Eu, que já visitei todos os quartos de doentes destes sítios, digo-te: a tua ferida não é tão má como pensas. Duas machadadas a fundo. Há muitos que oferecem o flanco mas nem sequer ouvem o machado na floresta; e menos ainda o ouvem aproximar-se.

— Assim será ou estás a iludir-me no meu delírio?

— É assim, crê na palavra de honra de um médico diplomado. Leva-a contigo para a outra vida. — E levou-a, e calou-se.

Agora, porém, era tempo de pensar na minha libertação. Os cavalos ainda lá estavam. Dei-me pressa em juntar as minhas peças de roupa, a peliça e o estojo; não queria perder tempo a vestir-me. Se os cavalos corressem tão ligeiros à volta como à ida, era como se saltasse daquela cama para a minha. Docilmente, um dos cavalos retirou-se da janela; atirei o monte de roupa para o carro; a peliça, impelida longe demais, ficou presa por uma manga a um grampo. Mas era quanto bastava. Saltei para cima do cavalo. Com os arreios de rastos, os dois animais estavam quase desligados um do outro, o carro seguia ao acaso, e a peliça, arrastando pela neve, fechava o cortejo.

— Rápidos! — disse, mas rápido não fomos; seguimos lentamente, como velhos, pelo deserto de neve, e o novo cântico das crianças, que desafinavam, ouviu-se ainda, por muito tempo, atrás de nós:

Alegrai-vos, doentes.
Tendes médico servindo em casa.

Nunca mais voltei a casa; perdi a minha florescente clientela, outro ma roubará, mas sem proveito, pois não poderá substituir-me; em minha casa, o medonho cocheiro dá largas ao seu desvario. Rosa é a vítima, nem nisso quero pensar. Nu, exposto ao frio, nesta idade infeliz, com um carro terrestre e cavalos sobrenaturais, cá vou guiando, velho que sou. O meu casaco arrasta-se atrás do carro, não posso chegar-lhe e nenhum desses inconstantes canalhas que são os meus doentes o fará por mim. Fui enganado! Fui enganado! Bastou uma vez: sem razão, obedeci de noite à campainha. Irreparável, para sempre!

Chacais e Árabes

Acampáramos no oásis. Os viajantes dormiam. Um árabe passou diante de mim, alto e branco; tinha dado a ração aos camelos e ia deitar-se. Estendi-me na erva, de costas; queria dormir, não pude; um chacal uivava ao longe; voltei a sentar-me. E o que fora longe subitamente tornou-se perto. Em volta de mim, um burburinho de chacais, olhos de ouro mate, que se acendiam e apagavam, corpos esbeltos, que se agitavam ágeis e em cadência, como chicotes.

Um chacal apareceu por detrás passou-me por debaixo do braço e apertou-se contra mim, como se precisasse do meu calor, depois avançou e disse-me, com os olhos quase nos meus olhos:

— Sou o mais velho de todos os chacais. Tenho a ventura de te ainda poder saudar. Já quase perdera a esperança, pois te esperamos há uma eternidade; minha mãe te aguardava, e a mãe daquele e a mãe de todos eles, remontando até à mãe de todos os chacais.

— Estou surpreendido — respondi-lhe, esquecendo-me de acender a fogueira cujo fumo devia afastar os chacais — estou surpreendido com o que tu me dizes. É por acaso que venho do alto Norte e apenas por pouco tempo. Que quereis de mim, chacais?

Dir-se-ia que o meu discurso, talvez demasiado amistoso, os encorajara: fecharam mais apertadamente o círculo em torno de mim. Respiravam ofegante e sibiladamente.

— Nós sabemos — retomou o mais idoso — que tu vens do Norte, é nisso que nós fundamentamos as nossas esperanças. Lá vive a razão que falta aqui entre os árabes. Impossível fazer brotar qualquer centelha de razão do seu frio orgulho,

como vês. Matam os animais para comê-los e desprezam-lhes a carcaça.
— Não fales tão alto — disse-lhe eu — aqui perto dormem alguns árabes.
— Tu és realmente estrangeiro — continuou o chacal —; se o não fosses, saberias que em toda a história do mundo nunca um chacal teve medo de um árabe. Pois havíamos de os temer? Não será já grande infelicidade sermos obrigados a viver no meio de um povo assim?
— É possível, — observei eu — é possível. Não me atrevo a julgar coisas que mal conheço. Deve ser uma questão muito antiga; deve ser uma questão de sangue. Por isso talvez não venha a acabar senão com sangue.
— Vês muito bem — disse o velho chacal, e a respiração ainda se lhe tornou mais ofegante, os pulmões arfavam-lhe, embora não se mexessem, e um cheiro pavoroso, que apenas agüentávamos, por vezes, apertando os maxilares, lhes saía das goelas abertas. — Vês muito bem. O que tu dizes corresponde à nossa velha crença. Acabaremos, portanto, por lhes tirar o sangue e a questão ficará resolvida.
— Oh! — exclamei, mais brutalmente do que queria — mas eles defender-se-ão. Abatê-los-ão com as espingardas.
— Estás enganado — tornou ele — assim sucede aos homens que o alto norte não parece modificar. Não pensamos matá-los. A água do Nilo não seria bastante para nos lavar dessa nódoa. O aspecto do seu corpo vivo chega para nos afugentar. Assim que encaramos com eles, logo procuramos ar mais puro, refugiamo-nos no deserto. Por isso o deserto é a nossa pátria.
E todos os chacais em roda, a que se haviam juntado muitos mais vindos de longe, deixaram tombar a cabeça entre as patas da frente e coçaram-na com as unhas; dir-se-ia procurarem esconder um tal desgosto que seria o bastante para eu dar às de vila-diogo, se o pudesse medir.
— Que pensam fazer então? — perguntei-lhes, e tentei levantar-me; mas não pude: dois jovens chacais haviam plan-

tado as duas patas nas costas da minha veste e na minha camisa; vi-me obrigado a continuar sentado.

— Estão a segurar-te a cauda — disse, num tom grave, o velho chacal para explicar —; é prova de respeito.

— Larguem-me! — gritei, dirigindo-me quer ao velho quer aos novos.

— Largar-te-ão, naturalmente — replicou o velho —, se assim o exigires. Mas é preciso esperar: morderam muito fundo, para obedecerem ao costume, e só muito lentamente podem despegar os dentes. Entretanto, escuta o nosso pedido.

— A vossa conduta não me anima a isso — respondi-lhe.

— Não queiras obrigar-nos a pagar a nossa desdita — tornou ele, pela primeira vez, num tom gemebundo —; somos pobres animais, nada temos além dos nossos dentes; para tudo que possamos fazer, bem ou mal, apenas dispomos deles.

— Que queres então? — perguntei-lhe, um pouco mais calmo.

— Patrão! — exclamou, e todos os chacais uivaram; ao longe talvez parecesse uma melodia. — Patrão, é preciso que acabes com a questão que divide o mundo. Era alguém como tu que os nossos antepassados nos descreveram como aquele que o faria. Os árabes têm de deixar-nos em paz; queremos um ar respirável; o horizonte limpo de árabes; não queremos mais gritos de vitelos degolados pelos árabes; que todos os animais possam morrer em paz; é preciso que lhes possamos beber tranqüilamente o sangue até à última gota e tranqüilamente lhes esburguemos os ossos. O que nós queremos é asseio, asseio e mais nada. E todos choravam, soluçavam. — Como podes tu suportar tal gente, tu, coração nobre, homem de entranhas sensíveis? Sujo é o branco deles; sujo é o negro deles; e a barba deles é um horror; não podemos deixar de cuspir, enojados, ao ver-lhes a comissura das pálpebras; e, quando erguem os braços, as suas axilas entremostram o inferno. Eis porque, ó patrão, eis porque, ó querido patrão, com o auxílio das tuas mãos onipotentes, deves cortar-lhes o pescoço com esta tesoura.

E, a um aceno de cabeça, um chacal aproximou-se, trazendo, suspensa de uma das patas, uma tesoura coberta de ferrugem.

— Ah! Ah! Aqui temos finalmente a tesoura, acabou-se! — comentou o chefe dos árabes da nossa caravana, que se deixara deslizar até nós, contra o vento, e brandia o gigantesco chicote.

Os chacais dispersaram-se rapidamente, mas, ao chegarem a certa distância, pararam, muito comprimidos uns contra os outros, tão hirtos e tão cerrados que dir-se-ia um caniçado envolto em fógos-fátuos.

— Pelo que vejo, patrão, também assististes à comédia — disse o árabe, rindo tão jovialmente quanto lho permitia a discrição da tribo.

— Pelo que vejo, sabes o que estes animais pretendem? — perguntei-lhe eu.

—Mas naturalmente, patrão... — respondeu ele.

—Toda a gente o sabe. Desde que há árabes, estas tesouras andam pelo deserto; e por aí andarão até ao fim do mundo. Logo que por aqui passa um europeu, eles lhas oferecem para a grande obra; não encontram nunca aquele que seria o homem predestinado. Estes animais alimentam uma esperança estúpida; são loucos, verdadeiros loucos. Por isso nós gostamos deles; são os nossos cães, mais belos do que os vossos. Olha, morreu um camelo durante a noite, mandei que o trouxessem para aqui.

Quatro homens se aproximaram e depositaram o corpulento animal diante de nós. Assim que o viram estendido, logo os chacais ergueram a voz. Aproximaram-se, como que irresistivelmente puxados, o corpo rastejante e parando de quando em quando. Haviam esquecido os árabes, fascinados pela presença do cadáver cujo cheiro empestava tudo. Já um deles se lhe suspendia do pescoço, perfurando, com uma primeira dentada a grossa artéria do animal morto. Como uma pequena bomba teimosa que a todo custo, e debalde, se propõe apagar um fogo espantoso, assim cada um dos seus músculos se entesava e fremia. E já todos os demais chacais lhe seguiam as pisadas, atirando-se ao cadáver, sobre o qual formavam montanha.

Foi então que o caravaneiro se pôs a fazer estalar, terrível chicote. Os chacais ergueram a cabeça; nem vivos nem mortos, viram os árabes diante, sentiram o chicote no focinho, e, com um salto à retaguarda, fugiram recuando até certa distância.

O sangue do camelo porém empoçava; fumegava; abria-se-lhe o corpo aqui e ali. Impossível resistir; aproximaram-se de novo; de novo o caravaneiro levantou o chicote; segurei-lhe o braço.

—Está bem, patrão! — exclamou. — Deixe-mo-los entregues ao seu mister; aliás, é tempo de partir. Não os viste? São uns animais estranhos, na verdade! O ódio que eles nos têm!

A Colônia Penienciária

É um estranho aparelho —, disse o oficial para o explorador, relanceando um olhar de admiração a este aparelho que, no entanto, lhe era familiar. Parecia ter sido por simples delicadeza que o viajante correspondera ao convite do comandante; este pedira-lhe que assistisse à execução de um soldado condenado por insubordinação e ofensas a um superior. Para falar com franqueza, era bastante reduzido o interesse que dentro da própria colônia penitenciária se sentia por aquela execução. Nesse profundo e arenoso pequeno vale, que encostas escalvadas cercavam por todos os lados, encontravam-se apenas, à parte o oficial e o viajante, o condenado, ser estúpido, de rosto achatado, cabelos desgrenhados e expressão atordoada, e um soldado que amparava a pesada corrente onde vinham prender-se as pequenas argolas que garroteavam o condenado pelos tornozelos, os pulsos e o pescoço. Essas miúdas argolas ligavam-se entre si graças a um sistema de correntes de ajustamento. De resto, o condenado tinha um ar tão rasteiro e submisso que tudo levava a crer que, solto e em liberdade pelas faldas em redor, bastaria assobiar-lhe para ele acorrer como um perro, no começo da execução.

O viajante, não mostrava grande interesse pelo aparelho e andava de um lado para o outro atrás do condenado, manifestamente alheio a tudo. Entretanto, o oficial cuidava dos últimos preparativos, ora de rastos sob o aparelho, cuja base se enterrava profundamente no solo, ora no topo de uma escada, em exame à parte superior. Trabalhos esses, aliás, mais próprios de qualquer mecânico, era com grande zelo que o oficial os realizava, ou porque fosse adepto apaixonado do

aparelho, ou porque diversas razões o impedissem de confiar a outrem esse trabalho.
— Está tudo pronto! — exclamou, por fim, descendo a escada. Muito cansado, respirava com a boca aberta, dois lenços de senhora entalados na gola do dolman.
— Essas fardas são muito pesadas para os trópicos — disse o viajante, em vez de pedir informações do aparelho, como o oficial esperava.
— É certo — respondeu o oficial, que lavava as mãos, sujas de gordura e de óleo, numa bacia de antemão preparada —; mas simbolizam a pátria; não queremos perder o que nos liga à pátria. Olhe bem para este aparelho — acrescentou — e enquanto limpava as mãos a uma toalha, apontava para o aparelho. — Até aqui tínhamos de recorrer ao trabalho manual, mas, a partir deste momento, o aparelho trabalha sozinho. — O viajante acenou com a cabeça e seguiu o oficial. Este acrescentou, como a prevenir qualquer surpresa desagradável: — É claro, podem suceder percalços com o mecanismo. Espero que nada aconteça hoje, embora tenhamos de contar com essa eventualidade. É que o aparelho tem de funcionar durante doze horas ininterruptamente. Se houver qualquer avaria, será coisa sem importância, de reparação fácil. — Depois de ligeira pausa perguntou: — Não desejará sentar-se? — e, de um monte de cadeiras empilhadas, recolheu um banco que ofereceu ao viajante; este não pôde dizer que não. Estava agora sentado à beira de uma fossa a que lançou um rápido olhar. Não era profunda. De um lado da excavação a terra, cavada, amontoava-se em aterro. Do outro lado, ficava o aparelho.
— Não sei — disse o oficial — não sei se o comandante já lhe explicou o funcionamento do aparelho. O viajante fez um gesto vago com a mão. Era o que o oficial esperava: assim podia enfim dar também as suas explicações sobre a máquina.
— Este aparelho — disse, pegando num espigão de manivela para nele se apoiar — este aparelho foi inventado pelo nosso antigo comandante. Colaborei com ele desde as pri-

meiras experiências, participei em todos os trabalhos até ao seu afinamento definitivo. No entanto, incontestavelmente, o mérito da invenção pertence-lhe. Já ouviu falar do nosso antigo comandante? Não? Pois bem, não é demais dizer que a organização de toda a Colônia Penitenciária é obra sua. Nós, seus amigos, sabíamos já, na altura da sua morte, que a organização da colônia era tão perfeita que quem lhe sucedesse, mesmo com mil novos planos na cabeça, em nada poderia alterar a ordem estabelecida, pelo menos durante muitos anos. A nossa previsão verificou-se. O novo comandante foi o primeiro a reconhecê-lo. Que pena não ter conhecido o antigo comandante! Mas, — disse o oficial, interrompendo-se estou para aqui a tagarelar com a obra dele diante de nós. O aparelho, como vê, consta de duas partes. Para designar cada uma dessas partes, no decorrer do tempo, foram surgindo expressões hoje quase populares. A parte inferior chama-se o leito, a parte superior o desenhador, e esta, a parte intermediária, a que está suspensa, a grelha.

— A grelha? — perguntou o viajante. Não prestara muita atenção, o sol mergulhava, violento, no vale sem uma sombra. Dificilmente se podia concentrar a atenção. O oficial afigurava-se-lhe digno de admiração no seu acanhado dólman de grande gala, cujas charlateiras ainda o sobrecarregavam mais, todo recamado de cordões. Era grande o seu esforço para explicar a máquina, e enquanto falava, com uma chave inglesa, ia apertando aqui e ali a sua cavilha. O soldado parecia no mesmo estado de espírito que o viajante. Com a corrente do condenado enrolada em volta dos pulsos, uma das mãos apoiada na espingarda, deixava pender a cabeça entre os ombros, indiferente a tudo. O viajante não mostrava surpresa; como o oficial falava francês, naturalmente nem o soldado nem o condenado compreendiam o que ele dizia. Eis o que tornava tanto mais estranha a atitude daquele, o qual, não obstante, fazia grandes esforços para acompanhar as explicações do oficial. Com uma espécie de obstinação sonolenta, dirigia sempre o

71

olhar para onde o oficial apontava com o dedo e, como a pergunta do viajante interrompera a explicação, tanto o condenado como o oficial fitavam o viajante.

— Sim, a grelha — disse o oficial —, é o nome que convém. As agulhas estão dispostas como numa grelha, e o conjunto funciona como tal, salvo nisto, sempre no mesmo lugar e de trabalho muito mais artístico. Aliás, vai compreendê-lo imediatamente. Aqui, em cima do leito, estende-se o condenado. (Bem, de princípio, só quero descrever-lhe o aparelho; depois o porei em movimento. Então poderá seguir melhor as diversas fases da execução. Além disso, uma das rodas do desenhador está muito gasta: range muito a andar e torna-se difícil ouvir o que dizemos. Infelizmente só muito a custo conseguimos obter algumas peças sobressalentes). Ora aqui tem. Isto, pois, é o leito, como eu lhe dizia. Está inteiramente forrado de uma camada de algodão; mais tarde verá para que serve. Sobre este algodão estende-se o condenado de barriga para baixo, e nu, claro está. Para os pés, para as mãos e para o pescoço aqui tem as correias que o fixarão a valer. Aqui, onde chega a cabeça do homem (como lhe disse, o homem está estendido, para principiar, de cara para baixo), aqui fica uma mordaça de feltro, facilmente manobrável e de molde a penetrar exatamente na boca do homem. É para impedir que grite ou que morda a língua. Claro, está que o homem tem de acertar a mordaça, sem o que a correia lhe rebenta a nuca.

—É algodão? perguntou o viajante, debruçando-se.

— Com certeza — replicou o oficial, sorrindo. — Apalpe-a o senhor. — Pegou na mão do viajante e encaminhou-a para o leito.

— É um algodão especialmente preparado, e é por isso que se não dá logo por ele. Mais tarde lhe direi para que serve.

O aparelho já tinha conquistado um pouco a atenção do viajante; com a mão em pala diante dos olhos, por causa do sol, olhava para as partes superiores do aparelho. Grande construção! O leito e o desenhador tinham a mesma envergadura e pareciam duas coisas sombrias. O desenhador ficava a uns dois metros por cima do leito; quatro barras de latão os reuniam a cada ângulo. O sol arrancava-lhes centelhas de luz. Entre as caixas, a grelha pendia suspensa por uma fita de aço. Até ali o oficial não dera conta da indiferença do viajante, mas agora notava o interesse que ele principiava a manifestar. Eis porque interrompeu a explicação para que o viajante pudesse observar a máquina à sua vontade. O condenado imitava o viajante. Como não podia pôr a mão diante da vista, olhava para o alto, piscando os olhos.

— E uma vez o homem estendido? — perguntou o viajante. Deixou-se descair para trás no assento e cruzou as pernas.

— Bom — disse o oficial, soerguendo um pouco o quepe, enquanto passava a mão pelo rosto esbraseado. — Agora, atenção! Tanto o leito como o desenhador dispõe de baterias elétricas próprias. O leito emprega a sua em seu próprio serviço e a do desenhador faz andar a grelha. Assim que o homem é fixado, o leito põe-se em movimento. Agita-se numa série de solavancos muito breves, mas rápidos; os solavancos são dirigidos ao mesmo tempo em sentido ascendente e em sentido lateral. Já deve ter visto aparelhos idênticos nas casas de saúde. Mas, pelo que toca ao nosso leito, todos os movimentos são calculados, pois têm de ser minuciosamente conjugados com os movimentos da grelha. É à grelha propriamente dita que está confiada a execução da sentença.

— Em que consiste, então, a sentença? — perguntou o viajante.

— Pois também não sabe? — exclamou o oficial, admirado, e mordeu os lábios: — Queira perdoar-me se as minhas explicações lhe parecem talvez confusas. Peço-lhe encarecidamente que me desculpe. Outrora era o comandante quem tinha o hábito de dar explicações; o novo comandante quis eximir-se a esse dever honroso; mas, perante tão importante visita — o estrangeiro procurou declinar a honra; com as duas mãos esboçou um gesto de quem protesta, mas o oficial persistia na sua frase — perante tão importante visita, nem sequer dar a conhecer a forma da nossa execução, aí está uma coisa que... — uma praga lhe veio aos lábios; conteve-se, porém, disse apenas: — Não fui informado disso, não tenho a culpa. Aliás, sou dos mais classificados para explicar os nossos métodos de justiça, pois guardo aqui — bateu na algibeira interior do dólman, contra o peito — guardo aqui todos os desenhos manuscritos do antigo comandante.

— Os desenhos manuscritos do próprio comandante? — perguntou o viajante. — Pelo que vejo, tinha todos os talentos: soldado, juiz, construtor, químico, desenhador!

— Claro! — exclamou o oficial, com um aceno de cabeça, o olhar fixo e meditativo. Nessa altura olhou para as mãos, que não lhe pareceram suficientemente limpas para manipular os desenhos. Dirigiu-se ao lavatório e lavou as mãos. Em seguida puxou de uma carteira de couro e disse: — A nossa sentença não é severa. A grelha vai escrever em cima do corpo do condenado a lei que ele desrespeitou. Por exemplo, sobre o corpo deste condenado — e o oficial apontou para o homem — a grelha escreverá: *Respeita o teu superior*!

O viajante relanceou ao homem um olhar furtivo. Quando o oficial o apontara com o dedo, o condenado, de cabeça inclinada, parecia empregar toda a sua energia para perceber o que ouvia. Mas a agitação dos seus beiços inchados, apertados um contra o outro, diziam que ele nada podia compreender. O viajante teria gostado de fazer muitas perguntas, mas apenas inquiriu, relanceando o olhar ao condenado :

— Ele conhece a pena que o espera ? — Não — volveu o oficial, que quis continuar imediatamente as suas explicações. O viajante, porém, interrompeu-o :

— Não conhece o castigo que lhe está reservado?

— Não — disse outra vez o oficial. Calou-se, em seguida, um instante, como a aguardar que o viajante justificasse melhor a sua pergunta e depois observou: — Seria inútil conhecê-la; terá ocasião de tomar conhecimento com ela no seu próprio corpo.

O viajante não pensava dizer mais nada; mas sentia como o olhar do condenado se fixava nele; esse olhar parecia perguntar-lhe se ele seria capaz de aprovar o processo que lhe estavam explicando. Eis porque o viajante, que acabava de se apoiar confortavelmente contra o espaldar, se inclinou de novo para a frente e formulou esta nova pergunta :

— Mas ao menos sabe que foi condenado?

—Também não — tornou-lhe o oficial com um sorriso, como se esperasse ainda do viajante qualquer saída extraordinária. — Não? — objetou o viajante, passando a mão pela testa. — Mas então o homem nem sequer sabe qual o destino que teve o depoimento da defesa?

— Não teve possibilidade de se defender — disse o oficial, olhando de viés, como se falasse consigo mesmo, e como se não quisesse ofender o viajante, dizendo o que a seus olhos era claro como água.

— No entanto, ele devia ter tido a possibilidade de se defender — articulou o viajante, deixando o assento onde estava.

O oficial percebeu que a explicação do aparelho ia fazer-lhe perder muito tempo. Aproximou-se, então, do viajante, travou-lhe do braço, e com um gesto de mão mostrou-lhe o condenado. Este, perante as atenções que nesse momento se lhe dirigiam, endireitou-se e ficou hirto. O soldado, por sua vez, retomou a corrente nas mãos, e o oficial disse:

— O caso apresenta-se deste modo. Aqui, na colônia penitenciária, estou investido nas funções de juiz. Apesar de muito novo. Fui assistente do antigo comandante em todos os processos correcionais e sou eu quem melhor conhece o aparelho. O princípio que me guia nas minhas decisões é este: a culpa é sempre indubitável. Ai dos tribunais que não sigam este princípio, pois são constituídos por várias cabeças, e têm ainda instâncias superiores acima deles. Não é esse o caso aqui, ou, pelo menos, não era o que se dava no tempo do antigo comandante. É verdade que o novo comandante já demonstrou querer intervir nos trabalhos da minha jurisdição, mas até à data sempre consegui afastá-lo, e conto que isso continue a acontecer. Quer que lhe explique este caso? É tão simples como qualquer outro. Um capitão notificou-me esta manhã de que este homem, criado em sua casa e que dormia à sua porta, se ficou a dormir quando devia trabalhar. Era sua obrigação levantar-se de hora a hora para fazer continência diante da porta do superior. Não é, claro está, uma obrigação difícil, e é indispensável que um homem se mantenha pronto e bem disposto quer para fazer sentinela quer para prestar serviço doméstico. A noite passada o capitão quis verificar se o homem cumpria os seus deveres. Abriu a porta, ao soarem as duas horas, e verificou que ele dormia, todo enrolado na soleira. Empunhou o chicote e vergastou-o no rosto. E ele, em vez de se levantar e pedir perdão, agarrou o amo pelas pernas, abanou-o e gritou: — Larga o chicote, ou dou cabo de ti. — São estes os fatos. O capitão procurou-me há coisa de uma hora, tomei nota das suas declarações e imediatamente lavrei a sentença. Em seguida mandei amarrar o homem. O processo era tudo quanto havia de mais simples. Se eu começasse por mandar chamá-lo e interrogá-lo, que grande confusão! Ele teria mentido e, se eu conseguisse refutar-lhe as mentiras, inventaria outras. Assim tenho-o na mão e nunca mais o largo. Está tudo bem esclarecido? O tempo urge. Já devia ter principiado a execução, e ainda não acabei de descrever o aparelho.

Obrigou o viajante a sentar-se de novo, aproximou-se da máquina e disse :

— Como está a ver, a grelha corresponde à forma humana; aqui tem a grelha para o tronco, ali está a grelha para os pés. Para a cabeça, basta esta pontinha. Está a perceber?

Inclinou-se amistosamente diante do viajante, pronto a entrar em mais vastas explicações.

O viajante observava a grelha, franzindo as sobrancelhas. Não ficara satisfeito com o que lhe tinham dito sobre os métodos judiciários. Via-se obrigado a repetir para si mesmo a cada momento que se tratava de uma colônia penitenciária, que eram indispensáveis medidas de exceção e que tudo devia ser regido pelo espírito militar, até aos mais pequenos pormenores. Aliás, punha alguma esperança no novo comandante, o qual, segundo parecia, embora muito lentamente, dir-se-ia querer introduzir outro método, método esse que a mente apoucada daquele oficial não estava em condições de aprovar. Pensando deste jeito é que o viajante observou :

— O comandante assiste à execução?

— Não tenho a certeza — replicou o oficial, penosamente afetado por esta pergunta inesperada. A expressão afável desapareceu-lhe do rosto.

— É precisamente por isso que devemos dar-nos pressa. Serei obrigado, contra minha vontade, a abreviar as minhas explicações. Mas amanhã, logo que o aparelho esteja limpo, (é o seu único defeito, suja-se muito), poderei dizer-lhe mais alguma coisa sobre o assunto. Por agora, fico-me apenas pelo essencial. Logo que o homem fica estendido no leito, e o leito principia a agitar-se, a grelha desce sobre o corpo. Fá-lo automaticamente, e de tal maneira que apenas, o aflora com a extremidade das pontas. Ajustada que seja a posição, esta fita de aço estira-se e fica tensa como uma barra. Então é que tudo principia. Um profano não pode distinguir exteriormente as diferenças das penalidades. A grelha parece trabalhar de maneira uniforme. Agitando-se, enterra as pontas no corpo, o qual, por seu lado, é agitado pelo movimento do leito. Ora, para se poder vigiar a execução da sentença, a grelha é de vidro. Algumas dificuldades técnicas surgiram por isso mesmo, sobretudo quando foi preciso fixar as agulhas na grelha; mas conseguiu-se, não recuamos diante de nenhuma dificuldade. E agora, mercê da transparência do vidro, todos podem ver como a incisão se inscreve no corpo. Não quer ter a bondade de se aproximar e de examinar as agulhas?

O viajante ergueu-se lentamente, avançou e. debruçou-se sobre a grelha.

— Está a ver? — disse o oficial — Há duas espécies de agulhas, dispostas de maneira complexa. Cada uma das mais compridas tem uma mais curta ao lado. A grande é que escreve, a pequena injeta água para lavar o sangue e manter a inscrição sempre limpa. A água tinta de sangue é levada em seguida por pequenos canais e desaparece, finalmente, por esta canalização principal cujo esgoto vai direito à fossa. — O oficial apontava com o dedo o trajeto que a água e o sangue deviam seguir. Para ser mais concreta a explicação, fazia com as duas mãos o gesto de recolher o jorro na embocadura dos canais do esgoto. O viajante soergueu a cabeça. Tateando com a mão atrás das costas, procurava a cadeira para se sentar. Então, surpreso, reparou que o condenado aceitara igualmente o convite do oficial quando este lhe pedira que observasse de perto a instalação da grelha. Arrastara um pouco o soldado dormente e debruçara-se sobre o instrumento de vidro. Via-se bem que procurava, incerto, descortinar o que os dois sujeitos acabavam de ver, e que o não conseguia, nada tendo compreendido da explicação. Inclinava-se para a direita e para a esquerda. Com os olhos percorria o grande instrumento de vidro. O viajante quis puxá-lo para trás. A forma como ele procedia era visivelmente repreensível. Mas o oficial, com uma das mãos, reteve solidamente o viajante e com a outra apanhou no entulho um pedaço de terra que atirou ao soldado. Este ergueu os olhos bruscamente, viu o que o condenado ousara fazer, largou a espingarda e puxou-o com tal violência que o fez cair de costas, no chão, a seus pés, estorcendo-se no meio das correntes que ressoavam.

— Levanta-o! — gritou o oficial, verificando que o viajante se distraía a olhar para o condenado. De fato, o viajante desviara-se da grelha, que, já não observava, interessado apenas no que se passava com o condenado.

— Trata-o com cuidado! — comandou o oficial outra vez. Contornou o aparelho, ele próprio pegou no condenado e com o auxílio do soldado pô-lo de pé, depois de o ter visto tropeçar várias vezes, com as pernas amarradas.

— Agora já sei tudo — disse o viajante, quando o oficial se aproximou dele.

— Mas não o mais importante — tornou-lhe o oficial. Travou do braço do viajante e apontou-lhe qualquer coisa lá no alto. — Lá em cima, no desenhador, fica a engrenagem que comanda o movimento da grelha, engrenagem essa que está regulada de acordo com o desenho mencionado na sentença. Usa ainda os desenhos do antigo comandante. Aqui estão. — Da carteira de couro tirou alguns papéis. — Infelizmente não lhos posso passar para as mãos, é a coisa mais, preciosa que possuo. Sente-se, vou-lhos mostrar daqui. Pode ver perfeitamente de onde está. Mostrou a primeira folha de papel. O viajante teria pronunciado de bom grado algumas palavras de agradecimento, mas nada via além de um labirinto de linhas, que se cruzavam e entrecruzavam muitas vezes, preenchendo o papel tão completamente que quase não havia espaços brancos.

— Leia — disse o oficial.

— Não posso — tornou-lhe o viajante.

— Mas é legível — voltou aquele.

— São habilíssimos — anuiu o viajante, escusando-se — mas não sou capaz de os decifrar.

— Realmente — confirmou o oficial — não é caligrafia de criança, — Riu, e voltou a guardar no bolso a carteira. — É preciso ler com vagar estas folhas; até o senhor acabaria por compreender tudo. Evidentemente, não pode ser mera escrita; não deve matar ato contínuo, mas, em média, apenas ao fim de umas doze horas. O ponto crucial está calculado para seis horas depois. Tem, pois, de haver vários parágrafos em volta da inscrição propriamente dita. O verdadeiro texto envolve o corpo como uma autêntica cintura. O resto do corpo destina-se aos ornamentos. Quer apreciar agora o trabalho da grelha e de todo o aparelho no seu conjunto?

Olhe!

Subiu a escada, fez girar uma roda e gritou para os que estavam cá em baixo:

— Atenção, afastem-se.

A máquina pôs-se em movimento. Se a roda não rangesse, tudo funcionaria às mil maravilhas. Como se tivesse sido surpreendido pela roda desengonçada, o oficial ameaçou-a, de punho cerrado, afastou os braços, num gesto de quem pede desculpa ao viajante, e voltou a descer rapidamente a escada para observar cá em baixo o funcionamento do aparelho. Outra coisa ainda não estava em ordem, mas só ele dava por isso.

Voltando a subir a escada, moveu com as duas mãos qualquer coisa no interior do desenhador, e, para mais depressa chegar cá abaixo, deixou-se escorregar ao longo de uma barra de latão, em vez de descer a escada. E para que o compreendessem no meio de todo aquele ruído, gritou ao ouvido do viajante, muito tenso:

— Compreende o mecanismo? A grelha principia a escrever; logo que termine a primeira incisão nas costas do homem, a camada de algodão faz virar o corpo, mas lentamente, de lado, para que a grelha disponha de um espaço ainda intacto. Entretanto as partes incisas são aplicadas contra o algodão; este, graças a um preparado especial, estanca imediatamente o sangue e prepara uma incisão mais profunda do texto. Neste momento os ganchos dos bordos da grelha arrancam o algodão aplicado em cima das feridas, e enquanto o corpo continua a girar, o algodão é arremeçado para a fossa, ficando a grelha apta a trabalhar de novo. Assim, durante doze horas, as letras penetram mais e mais fundo. Durante as seis primeiras, o condenado vive quase como no assado; apenas sente dor. Duas horas após o início da operação, a mordaça é tirada, visto o homem já não ter forças para gritar. Aqui, ao lado da cabeça, nesta escudela aquecida eletricamente, deita-se um caldo quente de arroz, que fica à disposição do homem, caso lhe apeteça comer, o que fará sorvendo com a língua. É sempre possível acontecer. Não sei de nenhum que se tenha recusado a fazê-lo, e há muito que estou nisto. Só passadas seis horas deixa de ter prazer em se alimentar. Então, geralmente, ajoelho-me e observo o que se passa. Raramente o homem engole o último bochecho: passa-o na boca e cospe-o na fossa. Sou obrigado a baixar-me para não apanhar com o escarro na cara. Que serenidade se apodera do homem ao fim de seis horas! O conhecimento levanta-se como o sol, até para o mais selvagem. Principia em volta dos olhos, depois espalha-se pelo rosto inteiro. É um espetáculo fascinante, capaz de nos induzir a deitar-mo-nos com ele debaixo da grelha. De fato, não é outra coisa o que acontece. O homem começa a decifrar as palavras, a boca aperta-se-lhe, como se estivesse a escutar. Como viu, não é fácil decifrar o texto com os olhos; pois bem, o nosso homem decifra-o com as próprias chagas. É, realmente, um trabalho importante. São precisas seis horas para o homem lá chegar. Então a grelha trespassa o corpo de lado a lado e atira com ele para a fossa, onde cai com um ligeiro baque na água misturada com sangue e algodão. A sentença está cumprida — e nós, eu e o soldado — tratamos de enterrar o corpo.

 O viajante ouvira, atentamente, o oficial enquanto olhava, de mãos nas algibeiras do casaco, o trabalho da máquina. O condenado olhava também, mas sem nada compreender. Debruçava-se um pouco para seguir o movimento irregular das agulhas; foi então que o soldado, a um aceno do oficial, com a ponta de uma faca, rasgou nas costas a camisa e as calças do condenado, que caíram no chão. Este quis baixar-se, para apanhar as roupas que lhe deslizavam pelo corpo, tentando cobrir-se. Mas o soldado obrigou-o a endireitar-se e arrancou-lhe os últimos trapos. Entretanto o oficial deteve a máquina e no silêncio que então se fez o condenado foi estendido debaixo da grelha. Abriram-lhe as correntes e em seu lugar ajustaram-lhe solidamente as correias. No primeiro momento, dir-se-ia um alívio para o condenado. Mas a grelha foi descida um pouco mais, porque se tratava de um homem magro. Quando as agulhas o tocaram, um estremecimento lhe percorreu a pele. Enquanto o soldado se encarregava de lhe amarrar a mão direita, o condenado estendia a esquerda para fora da fossa, sem

saber onde, embora na direção do viajante. O oficial lançava a este, sem cessar, olhares furtivos, como se procurasse ler-lhe no rosto a impressão que lhe fazia a execução de que lhe explicara o mecanismo, pelo menos nas suas linhas gerais.
A correia destinada aos olhos rebentou. Era evidente que o soldado a apertara em demasia. O oficial teve de acorrer em seu auxílio, enquanto o soldado lhe mostrava o pedaço de correia rebentada. O oficial aproximou-se do soldado e, virando-se para o explorador, disse :
— A máquina é muito complicada. Há sempre o perigo de se estragar qualquer coisa. Mas nem por isso devemos distrair a nossa atenção da forma normal do suplício. Pode substituir-se a correia ato contínuo. Vou servir-me duma corrente. É certo que a delicadeza do movimento ficará prejudicada no braço direito. — E enquanto fixava a corrente, prosseguia: — Para a conservação da máquina são agora muito escassos os nossos recursos. No tempo do antigo comandante, havia um fundo especial à minha disposição para esse efeito. Tínhamos aí um armazém onde podíamos encontrar todas as peças sobressalentes necessárias. Confesso, chegava-se mesmo a dar provas de esbanjamento, — outrora, devo repetir; não agora, como costuma dizer o novo comandante, sempre pronto, sob qualquer pretexto, a combater as velhas instituições. Agora o fundo destinado à máquina foi adstrito por ele à sua própria administração. No caso de ter de mandar vir uma nova correia, obrigam-me a apresentar a que rebentou, a título de prova. E a nova peça só me chega às mãos oito dias depois, sempre da pior qualidade, e sem grande préstimo. Como hei de eu entretanto fazer funcionar a máquina? Ninguém se importa com isso.
O viajante cismava: é sempre muito delicado intervirmos para forçar uma decisão num assunto que nos é estranho. Não era cidadão da Colônia Penitenciária nem mesmo do Estado a que a referida Colônia pertencia.
No caso de ele querer formular qualquer juízo sobre a execução ou porventura opor-se-lhe, sempre lhe poderiam

retorquir: o senhor é um estrangeiro, não se meta onde não é chamado. Neste ponto não podia responder nada, era obrigado a acatar, pois se porventura interviesse, contradizer-se-ia a si próprio, ele, que apenas viajava no intuito de observar, de maneira nenhuma no propósito de alterar fosse no que fosse as jurisdições estrangeiras. Neste caso, porém, as circunstâncias forçavam-no, sem querer, a intervir. A injustiça do processo e a inumanidade da execução eram flagrantes. Ninguém teria o direito de pensar que o viajante agia por interesse pessoal; com efeito, o condenado era-lhe completamente estranho. Não era seu concidadão e era homem que nem sequer despertava compaixão. O estrangeiro, aliás, vinha precedido de recomendações de altas personalidades, era recebido com a maior deferência, e, se fora convidado para assistir àquela execução, evidentemente que quereriam saber o que ele pensava do método, idéia tanto mais verosímil quanto era certo o comandante não ser partidário daquele processo e se comportar quase como adversário do oficial. As próprias palavras deste não deixavam dúvidas quanto a esse fato.

Nesta altura o viajante ouviu o oficial soltar um grito, de raiva.

Acabava, não sem dificuldade, de introduzir a mordaça na boca do condenado, mas este, agoniara-se, fechara os olhos e vomitara. O oficial puxara por ele, rápido, para o libertar da mordaça, e depois soerguera-o para lhe voltar a cabeça para a fossa. Tarde demais: o vômito já se espalhara por cima da máquina.

— Tudo isto por causa do comandante — gritou o oficial, fora de si, agarrado às barras de latão, que abanava —; tenho a máquina toda suja, como se fosse uma estrebaria. — De mão trêmula, mostrava ao viajante o que acontecera. — Estou farto de tentar fazer compreender ao comandante ser preciso deixar de alimentar os homens na véspera da execução. A nova corrente de idéias não quer saber disso e só prega compaixão. As senhoras das relações do comandante enchem o

83

bucho do homem de guloseimas, antes de o trazerem. Em toda a sua vida só comeu peixe podre, e agora vá de lhe dar coisas doces! Está bem, se assim querem, faça-se-lhes a vontade: porque é que me não arranjam, porém, uma mordaça como eu estou farto de pedir vai para três meses? Realmente, como é que um homem não há de ter hoje nojo de meter na boca este pedaço de feltro mordido e chupado por mais de cem homens à hora da morte?

O condenado deixara descair a cabeça e via-se-lhe no rosto uma espécie de contentamento pacífico.

Com a camisa do condenado o recruta ia limpando a máquina, e o oficial dirigia-se para o viajante. Este, numa espécie de pressentimento, deu um passo à retaguarda, mas o oficial travou-lhe da mão e afastou-se com ele.

— Queria dizer-lhe duas palavras — disse ele muito confidenciais. Autorizar-me-á a que o faça?

— Com certeza — tornou-lhe o viajante, que baixava os olhos atento.

— Este método e esta execução que o senhor tem a oportunidade de conhecer, presentemente não conta um único adepto em toda a Colônia. Eu sou o seu único representante, e ao mesmo tempo sou eu também o único representante da herança do antigo comandante. Não posso pensar em aperfeiçoar o processo; limito-me, e com todas as minhas forças, a conservá-lo tal como ele existe. Quando vivia o velho comandante, a colônia estava cheia de partidários seus. Eu tenho em parte a eloqüência persuasiva do velho comandante, mas falta-me por completo a sua autoridade. Esta a razão por que os adeptos abandonaram a causa. Ainda há bastantes, mas nenhum tem coragem de dizer o que pensa. Se hoje, dia de execução, o senhor entrar num café e escutar o que se diz à sua roda, só ouvirá, provavelmente, declarações ambíguas. Eles defendem a minha causa, sem dúvida nenhuma, mas perante o que se passa com o comandante atual e tendo em conta as suas opiniões, é o mesmo que nada para mim. E agora pergunto-lhe: esta grande obra, trabalho de toda a minha vida — e apontava para a máquina — deve desaparecer, porque assim apraz ao comandante e às mulheres que o influenciam? Pode admitir-se uma coisa destas? Pouco importa que seja um estrangeiro de passagem na ilha por alguns dias. Não há tempo a perder. Estão a preparar qualquer coisa contra o meu sistema de aplicar justiça. Já se tomaram deliberações no quartel general, para que não fui convidado. E a verdade é que a sua própria visita me parece bem sintomática. Que cobardes! Enviam-no ao senhor à frente, ao senhor, por ser estrangeiro! Como eram diferentes as execuções de outros tempos! Desde a véspera o vale regorgitava de gente. Vinha todo o mundo, quando mais não fosse para ver. Muito cedo, manhã alta, chegava o comandante e as suas damas, fanfarras tocavam a alvorada. Eu lia a proclamação quando tudo estava pronto. A sociedade — nenhum funcionário podia faltar — dispunha se por ordem à roda da máquina. Esta pilha de cadeiras de palha ainda é um miserável resto desses tempos. A máquina, polida de fresco, brilhava, e eu dispunha de peças sobressalentes para quase todas as execuções. Perante centenas de olhos — todos os espectadores nos bicos de pés, daqui até aos taludes — o condenado era colocado debaixo da grelha pelo próprio comandante. O que hoje em dia faz qualquer soldado raso, só eu o podia fazer nessa altura, presidente que era do tribunal, e isso cobria-me de honrarias. E principiava a execução! Nenhum ruído intempestivo perturbava o trabalho da máquina. Havia quem já nem olhasse, deitado na areia. Todos sabiam: está-se cumprindo a justiça. No silêncio ouvia-se apenas o arfar do condenado abafado pela mordaça. Hoje a máquina não consegue arrancar ao condenado um ai bastante forte para se escapar da mordaça. E outrora as agulhas, ao trabalharem, instilavam, gota a gota, um líquido cáustico, que hoje não podemos utilizar. Finalmente chegava a sexta hora! Impossível satisfazer todos quantos queriam ver de perto. O comandante, homem sábio entre os mais sábios, ordenava que antes de mais ninguém estivessem as crianças. Eu tinha de estar sempre presente, em virtude das funções que desempenhava. Às vezes, agachava-me ali, ali mesmo, com duas crianças nos braços, uma no direito, outra no esquerdo. Ah! Como nós aguardávamos a transfiguração que iluminava a cara martirizada! Como nós oferecíamos os rostos aos raios dessa justiça por fim alcançada e que já nos fugia! Que tempos esses, camarada!

O oficial parecia esquecido da pessoa com quem falava. Envolvera o viajante nos braços e pousara-lhe a cabeça contra o peito. Muito embaraçado, o viajante relanceava olhares impacientes por cima da cabeça do oficial. Entretanto o soldado, que findara a limpeza, trouxera numa lata caldo de arroz que despejou na escudela.

Assim que o condenado, que entretanto parecia ter vindo a si, deu pelo caldo, pôs-se a lamber a vasilha. O soldado sacudia-o, pois a sopa era para muito mais tarde, embora, naturalmente, estivesse praticando também um ato de indisciplina: mergulhava os dedos sujos na escudela e lambia-os, perante o olhar ávido do condenado.

Não tardou que o oficial caísse em si. — Eu não queria emocioná-lo — disse. — Bem sei que é impossível fazer compreender hoje os tempos antigos. Aliás, a máquina trabalha sempre e basta-se a si própria. Trabalha por sua própria conta, mesmo sozinha neste vale. E o cadáver conhece sempre, por fim, o doce e incompreensível salto para a fossa, ainda mesmo que não haja, à sua roda, milhares de homens aglomerados como um enxame de moscas. Fomos obrigados a mandar fazer um sólido para peito em volta da fossa, mas de há muito se desmantelou.

O viajante queria desviar a vista do oficial e olhava sem motivo em volta de si. O oficial supunha que ele observava o vazio do vale deserto. Pegou-lhe nas mãos, deu uma volta em torno dele, para lhe surpreender o olhar, e interrogou:

— Está a ver esta vergonha?

Mas o viajante conservou-se calado. O oficial afastou-se dele por instantes; de pernas alargadas, mãos nas algibeiras, calado, olhava para o chão. Por fim sorriu para o viajante, como que a encorajá-lo, e articulou:

— Estava ontem perto de si quando o comandante o convidou. Ouvi-o fazer-lhe o convite. Embora ele disponha de autoridade para proceder contra mim, não o ousa fazer, mas quer expor-me ao seu juízo, que é o juízo de um estrangeiro culto. Está tudo muito bem pensado. O senhor só está na ilha há dois dias, e não conheceu o antigo comandante nem o âmbito dos seus pensamentos; as idéias da Europa conquistaram-no. Talvez o senhor seja, por princípio, adversário da pena de morte em geral e dos métodos de execução mecânica em particular. Aliás, o senhor vê como as execuções aqui se realizam, tristemente, sem a participação oficial, de certo modo graças apenas a uma máquina um pouco avariada. E então (no espírito do comandante) era de prever que o senhor não considerasse justo o... meu método. E se o senhor o não considerasse justo, então (falo sempre em nome do comandante), não o esconderia, pois as suas convicções são solidamente experimentadas e é de confiar nelas. O senhor, é certo, observou os usos e costumes de vários povos e aprendeu a respeitá-los. Essa a razão por que não irá fazer grande alarido, manifestando a sua hostilidade à minha causa, como o teria feito, talvez, na sua própria pátria. Mas, para o comandante, a sua reserva pouco importa. Basta uma frase rápida, uma palavra que lhe escape, sem dar por isso. Pouco importa que essa palavra não corresponda à sua convicção, basta dar uma aparente confirmação ao que ele deseja. Interrogá-lo-á com a maior astúcia, tenho a certeza. "E as tais damas vão sentar-se todas à sua roda e apurar o ouvido. O senhor vai dizer coisas deste gênero: entre nós os processos da justiça são diferentes; ou então: entre nós, o acusado tem o direito do uso da palavra antes do julgamento; ou ainda: entre nós há outras penas sem ser a pena de morte; ou ainda: entre nós só na Idade Média havia tortura. Tudo isto são observações tão justas quanto lhe parecem, são observações inocentes que não afetam em nada o meu método. Mas como irá acolhê-las o comandante? Estou a vê-lo, ao bravo comandante, a afastar a cadeira em que está sentado e correr para a varanda. Estou a ver as tais damas a precipitarem-se para ele. Ouço-lhe a voz (as damas dizem que é uma voz de trovão) que se eleva no silêncio e diz: — Um grande explorador do Ocidente, enviado em missão especial a examinar os métodos de justiça de todos os países, acaba de declarar que o nosso velho método é inumano. Depois do parecer de tão eminente personalidade, não é possível continuarmos a tolerar semelhante sistema. A partir de hoje, por conseguinte... — e assim por diante. O senhor tentará objetar que nada disse que se pareça com o que ele proclama, que não considera inumano o meu método. Pelo contrário, que está profundamente convencido de que é o mais humano, o mais satisfatório para a dignidade humana e, além disso, que admira esta máquina, mas tarde demais: não consegue chegar à varanda, já cheia de senhoras. Quer chamar a atenção para si, quer gritar, uma mão feminina, porém, tapa-lhe a boca — e eis-nos perdidos, eu e a obra do antigo comandante.

O viajante viu-se obrigado a reprimir o sorriso. A empresa que ele julgara tão difícil era afinal muito fácil. Disse para se desculpar :

— O senhor dá muita importância à minha influência. O comandante leu a carta de recomendação que eu lhe apresentei, e está ciente de que eu não sou um especialista em métodos de justiça. Se porventura tivesse de exprimir a minha opinião, seria a opinião de um leigo, e a minha opinião não vale mais do que a de qualquer outro: pouco ou nada vale, em todo o caso, perante a do comandante, o qual dispõe, como suponho, de largos poderes nesta Colônia Penitenciária. Se a opinião dele sobre o método é a que o senhor imagina, francamente: o fim deste método não está longe, creio eu, e o comandante não precisa do meu modesto auxílio.

Compreenderia já o oficial? Não. Não compreendia. Abanou vivamente a cabeça e lançou um olhar breve à retaguarda, ao condenado e ao soldado, que estremeceram e deixaram de comer. Aproximou-se muito do viajante, sem o fitar, mas de olhos fixos num pormenor qualquer do seu vestuário, e murmurou em voz mais baixa do que até aí:

— O senhor não conhece o comandante. Perante ele e perante todos nós o senhor, perdoe-me a expressão, o senhor é uma espécie de inocente. A sua influência, pode crer, não deve gozar de muita estima. Grande foi a minha felicidade quando me constou que vinha assistir sozinho à execução. Essa resolução do comandante visava-me, e agora sou eu que me utilizo dela. O senhor teve ocasião de ouvir-me as explicações sem ser perturbado por falsidades murmuradas a meia voz e por olhares desdenhosos — coisa que não poderia ter evitado, caso houvesse mais alguém presente. O senhor viu a máquina e está disposto agora a assistir à execução. O seu juízo seguramente é já definitivo; se porventura ainda alimentasse algumas dúvidas, vê-las-ia desaparecer diante da execução. E agora permita-me que lhe faça este pedido: ajude-me contra o comandante!

O viajante não permitiu que prosseguisse.

— Como? — objetou. — É completamente impossível. Nem o posso ajudar nem o posso prejudicar.

—Pode — teimou o oficial. Não era sem receio que o viajante via crisparem-se os punhos do oficial. — Pode — repetia ele, com mais insistência ainda. — Tenho um plano, que deve dar resultado. O senhor diz que a sua influência não vale nada. Digo-lhe que vale. Mas, admitamos que tem razão: não será necessário, nesse caso; tentar tudo, mesmo com recursos insuficientes, para manter viva esta instituição? Ouça, pois, o meu plano. Para que ele possa vir a ser posto em prática torna-se indispensável que o senhor nada diga hoje sobre o que pensa desta instituição. Desde que lhe façam perguntas diretas, não deve dizer nada, seja a que título for. As suas declarações devem ser breves e indeterminadas; convém notarem que é difícil falar do caso, que isso lhe causa amargura e que, se porventura lhe fosse dado falar abertamente no assunto, estaria pronto a romper em impropérios. Não lhe peço que minta; de maneira nenhuma. Responda apenas em poucas palavras: "Sim, assisti à execução". Ou então: "Sim, ouvi todas as explicações". Nada mais; nem mais uma só palavra além disto. A amargura que se traduzirá na sua expressão dará lugar a um sem número de comentários, ainda que ao comandante não queira dizer o que pensa. Ele, claro está, interpretá-lo-á às avessas e dar-lhe-á o sentido que mais lhe convier. Eis no que se baseia o meu plano. Amanhã haverá no quartel-general, sob a presidência do comandante, uma grande sessão a que estarão presentes todos os altos funcionários governamentais. O comandante, claro está, soube transformar essas sessões em autênticos espetáculos. Construíram uma galeria que está sempre cheia de espectadores. Vejo-me obrigado a colaborar nas deliberações que aí se tomam, mas com que desgosto! Ora o senhor vai, com certeza, ser convidado para assistir à sessão. Se puser em prática o meu plano, o convite acabará por transformar-se numa súplica instante. Mas, se por qualquer inexplicável razão o não convidassem, o senhor não devia deixar de pedir um convite. Evidentemente que nesse caso o obteria ato contínuo. Eis como o senhor vai estar amanhã sentado no meio de todas essas damas, no camarote do comandante. Ele não deixará de erguer os olhos para si muitas vezes como para ter a certeza de que o senhor está presente. Depois de alguns debates, indiferentes, ridículos e calculados para a galeria — a maior parte das vezes fala-se de construções portuárias, sempre novas construções portuárias — falar-se-á, também, dos métodos de justiça. Se o comandante não abordar o assunto, ou, se o não fizer com a devida prestreza, eu me encarregarei de o obrigar a isso. Levantar-me-ei, para comunicar a execução de hoje. Muito de fugida, apenas a notificação do fato. Esse relatório não consta da sessão, mas, apesar disso, estou disposto a fazê-lo. O comandante agradece-me, como sempre, com um sorriso amistoso, e então, sem poder conter-se, aproveita a oportunidade.

— Acabam de me anunciar uma execução — dirá ele, pouco mais ou menos. — A esta notificação apenas quero acrescentar que o grande explorador assistiu à referida execução. (Todos vós deveis saber da sua visita, honra extraordinária para a nossa Colônia). A nossa reunião tem hoje um grande significado graças à presença de tão alta personalidade. Não poderíamos nós perguntar a tão eminente sábio o que pensa da execução à maneira antiga e do processo que a precedeu? — É claro: haverá aplausos em todas as bancadas, aprovação geral, eu me encarregarei de ser o primeiro a gritar mais alto. O comandante inclinar-se-á diante de si e dirá: "É, pois, em nome de todos que eu lhe faço tal pedido". E então o senhor aproximar-se-á da balaustrada. Agarrar-se-á à balaustrada com ambas as mãos, diante de toda a gente, caso contrário as damas pegar-lhe-ão nas mãos e começarão a brincar-lhe com os dedos e finalmente será chegado o momento de o senhor falar. Não sei como vou suportar tantas horas de tensão e de espectativa até esse momento. Não deve estar com meias medidas no seu discurso. Que a verdade grite bem alto. Debruce-se da balaustrada, core, sim, core, será a maneira de impor ao comandante a sua convicção, a sua inabalável convicção. Mas talvez o senhor não queira utilizar esse processo, talvez no seu país as pessoas se comportem de maneira diferente em circunstâncias destas. Compreende-se perfeitamente, é quanto basta; não se levante sequer, diga apenas duas palavras, fale tão baixo que os funcionários que estiverem perto de si mal o ouçam. É quanto basta: não deve dizer nada, mesmo nada, sobre a falta de assistência à execução, nem uma palavra sobre a roda que range, sobre a correia rebentada, sobre amordaça repugnante; não, eu me encarrego de tudo o mais, e, pode crer, se o meu discurso o não fizer sair da sala, obrigá-lo-á a pôr-se de joelhos e a confessar: "Velho comandante, diante de ti me inclino!". Este é o meu plano. Está disposto a ajudar-me a pô-lo em prática? Claro que sim, que está disposto a isso e que quer mesmo pô-lo em prática.

E o oficial, de respiração ofegante, travou o viajante pelos dois braços e fitou-o nos olhos. Tão alto vociferara as suas últimas palavras que o próprio soldado e até o condenado se tinham posto à escuta.

Não podiam compreender o que se passava, mas, apesar disso, deixaram de comer. Mastigando ainda, olhavam para o viajante.

Desde o princípio que este não tinha qualquer dúvida sobre a resposta que ia dar. Muito aprendera já na vida para hesitar num caso destes; no fundo era um homem de honra e não tinha medo. Hesitou, por momentos, ao ver o soldado e o condenado. Por fim disse, como devia:

— Não.

As pálpebras do oficial estremeceram rapidamente, mas não desviou um instante que fosse os olhos do viajante.

— Quer que eu me explique? — perguntou o viajante. O oficial sem abrir a boca acenou com a cabeça.

— Sou adversário deste método disse, por fim, o viajante.

— Antes, mesmo, de o senhor me ter dado a honra de confiar em mim (confiança de que eu não abusarei sob qualquer pretexto), já eu tinha perguntado a mim mesmo se me assistiria o direito de intervir contra este método, e se a minha intervenção poderia ter qualquer probabilidade de êxito. Eu sabia claramente a quem me devia dirigir em primeiro lugar: ao comandante, está claro. Depois de o ter ouvido, as coisas ainda se tornaram mais claras para mim; mas, ao tomar a minha decisão, a mim próprio me proibi de pôr em causa a sua personalidade. Pelo contrário, a sua convicção, o seu ponto de honra afetam-me muito, sem que, no entanto, me possam desviar do meu caminho.

O oficial, mudo, voltou-se para a máquina, agarrou-se a uma das barras de latão, fitou o desenhador, debruçando-se um pouco, como se procurasse observar se tudo estava em ordem. O soldado e o condenado pareciam agora amigos. O condenado fazia sinais ao soldado, por mais difícil que isso fosse para ele, pois estava solidamente amarrado; este debruçava-se para ele, o condenado segredava-lhe fosse o que fosse e o soldado opinava com a cabeça.

— O senhor ainda não sabe o que eu tenciono fazer: vou dizer ao comandante o que penso do método, mas não em plena sessão; não, dir-lho-ei antes, a sós. Aliás, não vou ficar aqui tempo suficiente para poder assistir a qualquer sessão. Partirei amanhã de manhã ou pelo menos já estarei embarcado amanhã de manhã.

Dir-se-ia que o oficial o não ouvira. — O método, com que então, não o convenceu? — disse como para si mesmo, e sorriu, como um velho que sorrisse da puerilidade de uma criança, escondendo com o seu sorriso estar realmente a pensar. — Então chegou o momento — disse ele, por fim, fitando bruscamente o estrangeiro com os seus olhos claros, onde havia um vago convite, como que um vago apelo à participação.

— Chegou o momento de quê? — perguntou o viajante, inquieto, mas não obteve resposta.

Estás livre — disse o oficial ao condenado, na sua língua pátria. De princípio o condenado não quis acreditar. — Estás livre, já disse, estás livre — repetiu o oficial. Pela primeira vez se pintou no rosto do condenado qualquer coisa como a vida. Seria verdade? Seria apenas um capricho do oficial? E um capricho talvez passageiro? Teria o viajante estrangeiro conseguido o seu indulto? Que seria? Tais eram as interrogações que pareciam traduzir-se-lhe no rosto. Mas não por muito tempo. Fosse como fosse, ele queria ser livre, visto a isso ter direito, e pôs-se a agitar-se na medida em que a grelha lho permitia.

— Rebentas-me as correias! — gritou o oficial. — Está quieto! Já te vamos desamarrar.

E meteu mãos à obra, ajudado pelo soldado, a quem acenara para esse efeito. Sem nada dizer, o condenado ria suavemente de si para consigo. Ora voltava a cara para a esquerda, para o oficial, ora para a direita, para o soldado, e não se esquecia tampouco do viajante.

— Tira-o para fora —, comandou o oficial ao soldado. Naquele trabalho era preciso prudência, por causa da grelha. O condenado, mercê da sua impaciência, já tinha alguns arranhões nas costas.

A partir daquele momento o oficial nunca mais pensou no condenado. Dirigiu-se ao viajante, voltou a puxar da carteira de couro, folheou os papéis que tinha dentro e por fim pareceu encontrar a folha que procurava e a qual mostrou ao viajante.

— Leia — disse ele. — Não posso — tornou-lhe este. — Já lhe disse que não sei ler esses papeis.

— Mas examine esta folha com atenção — voltou o oficial, e pôs-se ao lado do viajante, para ler com ele. Como, porém, todos os seus, esforços resultavam baldados, tentou facilitar a leitura ao viajante, seguindo o texto com a ponta do dedo espetado, muito longe do papel, como se por nada deste mundo lhe pudesse tocar . O viajante, pelo seu lado, dava provas de muito boa vontade, para comprazer com o oficial, naquele ponto pelo menos, mas a leitura tornava-se-lhe impossível. Então o oficial começou a soletrar o texto, e depois, uma segunda vez, leu normalmente:

"Sê Justo!" ...É o que esta aqui escrito!... Agora já pode ler.

O viajante debruçou-se para o papel, tão perto que o oficial, receoso do contacto, afastou a folha. O viajante já não dizia mais nada, mas era evidente que continuava a não poder ler.

— Está aqui escrito: "Sê justo!" — repetiu o oficial mais uma vez.

— Talvez — disse o viajante. — Parece-me que é isso que está escrito.

— Bom — disse o oficial. Parecia satisfeito, pelo menos parcialmente, e subiu a escada com a folha. Pôs a folha no desenhador com mil cuidados e regulou as roldanas, alterando-lhes a posição, de alto a baixo, ao que parecia. Era um trabalho mutito penoso, devia tratar-se de roldanas muito pequenas, pois, por vezes, a cabeça do oficial desaparecia completamente no desenhador, tão precisa era a minúcia com que examinava o mecanismo.

O viajante, cá em baixo, não deixava de seguir o trabalho; tinha o pescoço hirto e doíam-lhe os olhos, tão forte era a luz do sol lá no alto do céu.

O soldado e o condenado trabalhavam juntos. Aquele, com a baioneta, pescara a camisa e as calças do condenado que flutuavam na fossa. A camisa estava imunda, o condenado lavou-a na água do lavatório. Quando voltou a vestir a camisa e as calças, o soldado e o condenado não puderam deixar de rir: as duas peças de roupa estavam rasgadas ao meio, pela parte de trás. Naturalmente o condenado sentia-se na obrigação de divertir o soldado: dançava de roda, em torno dele, sentado no chão, que ria a bandeiras despregadas, batendo com as mãos nos joelhos. E, no entanto, ambos pareciam embaraçados com a presença dos senhores.

Quando o oficial concluiu, finalmente, o que estava a fazer lá em cima, percorreu de olhos sorridentes todas as peças do mecanismo e acabou por fechar a tampa do desenhador, levantada até então; olhou para a fossa, lançou um olhar para onde estava o condenado e verificou, satisfeito, que este pescara as peças de vestuário que flutuavam na fossa. Em seguida dirigiu-se para o lavatório e, demasiado tarde, pôde verificar a sua imundície repugnante. Triste com a circunstância de não poder lavar as mãos, enterrou-as, por fim, na areia — não era coisa que o satisfizesse, mas não teve outro remédio —, endireitou-se e pôs-se a desabotoar o uniforme. Seguidamente, deixou cair da mão os dois lenços de senhora que introduzira na gola.

— Toma lá os teus lenços — disse; e jogou-os ao condenado. Para o viajante, à guisa de explicação, murmurou: — Presentinhos das damas.

Apesar da celeridade com que despiu o uniforme, para, em seguida, se despir por completo, dobrou meticulosamente cada uma das peças de roupa, poliu mesmo, com a ponta dos dedos, os cordões de prata da farda e ajeitou um dos fiadores da espada.

O que de maneira nenhuma podia pensar-se de acordo com toda esta meticulosidade era o fato de ele atirar, peça por peça, para dentro da fossa, logo que acabava de a dobrar, cuidadosamente e com um brusco movimento automático. O único objeto que lhe restava era o espadim curto, ainda suspenso da correia. Desembainhou a espada, quebrou-a, depois pegou, juntando-os, nos fragmentos do espadim, na bainha da mesma e na correia, e jogou todas essas coisas à fossa com tal violência que foram embater umas nas outras lá no fundo.

E ei-lo todo nu. O viajante, mordendo os lábios, não dizia nada. Estava certo do que ia acontecer, mas não lhe assistia o direito de impedir o oficial de fazer fosse o que fosse. Se — depois, talvez, da iniciativa a que o, viajante se sentia obrigado a recorrer — decidissem acabar com o método de justiça que o oficial defendia, então este teria, realmente, motivos para se comportar daquele jeito. O viajante, no seu caso, não faria outra coisa.

O soldado e o condenado começaram por não perceber o que se estava a passar. De princípio, nem sequer repararam nas atitudes do oficial.

Muito contente por ter recuperado os seus lenços, o condenado não gozou por muito tempo dessa satisfação, que logo o soldado lhos surripiou, num gesto rápido e inesperado. Agora o condenado procurava tirá-los de novo do cinturão do soldado, onde este os escondera, mas o soldado não consentia.

Assim eles lutavam um com o outro, em parte brincando. Só quando o oficial ficou completamente nu atentaram nele. O condenado, sobretudo, parecia ter o pressentimento de qualquer coisa muito importante. O que lhe acontecera a ele estava agora a acontecer ao oficial. Talvez para ele aquilo fosse até ao fim. Era então a desforra. Sem que tivesse sofrido até ao fim, ia ser vingado até lá. Um riso largo e silencioso lhe apareceu no rosto e não mais se desvaneceu.

Entretanto o oficial voltara-se para a máquina. Posto já não houvesse dúvidas de que conhecia o aparelho como as suas próprias mãos, causava estupefação a maneira como o manipulava e como o aparelho lhe obedecia.

Mal aproximara a mão da grelha, logo esta se erguera para por várias vezes se inclinar até conseguir a posição exata, de molde a receber-lhe o corpo. Mal tocara na borda do leito, logo este se pusera a girar. A mordaça de feltro veio-lhe de encontro aos lábios. Tentou defender-se, mas foi momentânea a decisão. Ato contínuo se submeteu e a deixou penetrar-lhe na boca. Tudo estava pronto; apenas as correias pendiam de lado, mas via-se que eram inúteis: o oficial não precisava de ser amarrado. Foi então que o condenado reparou nas correias soltas. A seus olhos a execução não estaria em regra, caso as correias não fossem solidamente fixadas. Com um rápido aceno ao soldado, ambos correram a afivelar o oficial. Este já estendera o pé para acionar a manivela que devia pôr em marcha o desenhador. Então viu aproximarem-se os dois homens. Recolheu o pé e deixou que o amarrassem. Tornava-se praticamente impossível alcançar a manivela; o soldado e o condenado não estavam em condições de a descobrir e o viajante parecia decidido a não se mexer. Não foi preciso; assim que as correias foram afiveladas, a máquina pôs-se imediatamente em movimento: o leito agitava-se, as agulhas dançavam sobre a pele, a grelha, sobreposta, subia e descia. O viajante, que até aí se conservara rígido, pareceu lembrar-se de que uma das rodas do desenhador costumava ranger. Tudo, porém, se mantinha silencioso, não se ouvia a mais pequena fricção.

Trabalhando em tal silêncio, a máquina passava literalmente despercebida. O viajante observava o soldado e o condenado. Este era quem dava mais sinais de animação, interessado por todos os movimentos da máquina; ora se baixava, ora se debruçava, sempre de dedo estendido, pronto a apontar qualquer coisa ao soldado. O espetáculo era penoso para o viajante. Estava decidido a deixar-se ficar ali até ao último momento, mas não podia suportar por mais tempo o aspecto daqueles dois homens.

—Vão-se embora disse.
O soldado talvez tivesse obedecido. Mas o condenado interpretou esta ordem como um castigo. De mãos erguidas, suplicou que o deixassem ficar, e como o viajante, acenando negativamente com a cabeça, não queria ceder, ajoelhou diante dele. O viajante então reconheceu que as ordens não davam resultado. Decidiu tomar outra atitude e correr com os dois homens. Nessa altura ouviu um ruído no desenhador e ergueu a cabeça. Com que então certa roda dentada funcionava mal? Não era bem isso. Com lentidão, a tampa do desenhador levantou-se, depois abriu-se completamente com um ruído seco. Apareceram os dentes de uma roda, que se levantaram, e não tardou que a própria roda saísse toda cá para fora. Dir-se-ia que uma força muito grande comprimia o desenhador de tal sorte que já não havia lugar para aquela roda. Rodou até à borda do desenhador, caiu, girou um momento na areia, depois imobilizou-se. Mas já outra roda aparecia, seguida de muitas outras, grandes e pequenas, algumas das quais quase imperceptíveis. Todas seguiam o mesmo caminho. Quando parecia que o desenhador já devia estar completamente vazio, nova série de rodas surgia, série particularmente rica que vinha à superfície, caía, rodopiava na areia e ficava. Perante isto, o condenado esqueceu completamente a ordem do viajante, extasiado diante das rodas dentadas, tentando apanhar as que iam caindo e excitando o soldado a que o ajudasse, embora de cada vez que o fazia logo retirasse a mão, assustado, porque outra roda tombava, ato contínuo, sobressaltando-o, pelo menos quando principiava a rodopiar.

Em compensação o estrangeiro parecia muito desassossegado. A máquina, evidentemente, desfazia-se aos bocados. O seu quieto funcionamento era ilusório. Qualquer coisa lhe dizia que lhe competia a ele cuidar do oficial, agora que este não estava em condições de cuidar de si próprio. Mas enquanto a chuva de rodas lhe absorvia por completo a atenção, esquecera-se das outras partes da máquina. Quando se debruçou para a grelha, depois de tombar a última roda do desenhador, teve uma nova surpresa e ainda mais, desagradável. A grelha não escrevia, cravava as suas pontas e o leito não agitava o corpo, soerguia-o, estremecendo, ao encontro das agulhas que se enterravam. O viajante queria intervir e caso fosse possível deter todo o maquinismo: não se tratava já de tortura, não se tratava já do que o oficial aspirava conseguir, mas de uma morte imediata. A grelha, porém, voltava a erguer-se, soerguendo o corpo trespassado, deslocava-se de lado. Era o movimento que habitualmente fazia, mas apenas na décima segunda hora. O sangue escorria por milhentos riachos, sem se misturar com a água, pois a própria canalização se desarranjara. O último mecanismo também não funcionou: o corpo não se separou das longas agulhas, perdia sangue em borbotão, ficando suspenso por cima da fossa, sem cair. A grelha queria voltar já à sua antiga posição, mas, como ela própria se apercebia não estar desembaraçada do seu fardo, conservava-se por cima da fossa.

— Ajudem-me! — gritou o viajante para o soldado e o condenado, enquanto ele próprio pegava nos pés do oficial. Queria apoiar-se desse lado, contra os pés, enquanto na outra extremidade os dois homens agarrariam a cabeça do oficial. E assim o libertariam, lentamente, das agulhas.

Mas os dois homens não se decidiam a obedecer-lhe. O condenado voltou, mesmo, as costas ao viajante, que se viu obrigado a avançar para ambos e a empurrá-los à força para a cabeça do oficial. Foi então que ele viu, contra sua vontade, o rosto do cadáver. Era o mesmo que em vida; não se podia entrever nele o mais leve sinal da libertação prometida. O que todos os outros haviam encontrado na máquina, ele não o encontrara. Tinha os lábios fortemente comprimidos um contra o outro; os olhos, abertos, pareciam ter vida; o olhar era sereno e convencido. Na testa enterrava-se-lhe a ponta da grande agulha de aço.

Quando o viajante, escoltado pelo soldado e o condenado, chegou às primeiras casas da Colônia, o soldado, apontando para um dos edifícios, disse:

— Aqui está o café.
No subsolo do edifício, havia uma sala funda, baixa, parecida com uma gruta. Tinha as paredes e o teto defumados. Abria para a rua em toda a sua extensão. Embora o café não se distinguisse por aí além das outras construções da Colônia (todos os edifícios, inclusivamente o palácio do governador, eram muito velhos), esta casa dava ao viajante a impressão de uma lembrança histórica; e sentiu como o passado era forte. Aproximou-se com a sua breve escolta. Passou por entre as mesas vazias, alinhadas na rua, diante do café, e veio até ele o ar úmido que emanava do interior.

— Aqui é que o velho está enterrado — disse o soldado — os padres não consentiram que ele fosse enterrado no cemitério. Durante algum tempo estiveram sem saber onde o haviam de enterrar, e finalmente enterraram-no aqui.

O oficial não lhe devia ter dito nada daquilo, pois muito o envergonhava esse fato, evidentemente. Tentara mesmo várias vezes, de noite, exumar-lhe o cadáver, mas fora corrido.

— Onde está o túmulo? — inquiriu o viajante, que não queria acreditar no soldado. Dito isto, o soldado e o condenado precipitaram-se na sua frente, estendendo o braço para apontarem o local onde devia encontrar-se o túmulo.

Conduziram o viajante até à parede do fundo. Havia ali mesas diante das quais se sentavam alguns clientes. Eram, sem dúvida, trabalhadores do porto, homens fortes, de barbas negras e brilhantes. Estavam todos em mangas de camisa, camisas rasgadas. Era uma gente pobre, habituada à humildade. Quando o viajante se aproximou, alguns levantaram-se, encostaram-se à parede e ficaram a olhar para ele.

— É um estrangeiro; — disseram ali perto — quer ver o túmulo.

Empurraram, uma das mesas debaixo da qual se encontrava, efetivamente, uma pedra tumular. Era uma pedra muito simples, rasa, própria para se esconder debaixo de uma mesa. Tinha uma inscrição em letras muito miúdas. Para a ler, o viajante teve de se ajoelhar. Dizia: "Aqui jaz o antigo Comandante. Os seus adeptos, que não têm agora o direito de usar qualquer nome, abriram-lhe esta sepultura e cobriram-na com esta pedra. Uma profecia diz que depois de certo número de anos, o Comandante ressuscitará. Então reunirá os seus adeptos nesta casa e à frente deles se lançará na reconquista da Colônia. Tende fé e esperai". Assim que o viajante acabou de ler, viu que os homens reunidos em torno dele sorriam, como se tivessem lido com ele a inscrição, a achassem ridícula e lhe pedissem que se associasse à sua maneira de ver. O viajante fez como se não tivesse dado por coisa nenhuma. Distribuiu por eles algumas moedas e esperou que a mesa fosse arrastada de novo para cima do túmulo. Em seguida saiu do café e dirigiu-se para o porto.

    O soldado e o condenado tinham encontrado pessoas conhecidas no café com quem ficaram a conversar. Mas não por muito tempo, com certeza. Com efeito, ainda o viajante não ia a meio da longa escadaria que levava às embarcações, já eles corriam atrás dele. Era de crer que pretendessem forçá-lo a levá-los consigo.

    O viajante discutia lá em baixo com um marinheiro, para que ele o levasse a bordo do vapor. Entretanto os dois homens precipitaram-se pela escada abaixo, sem dizerem nada, porque não ousavam gritar. Quando chegaram ao fundo, o estrangeiro já estava dentro de uma embarcação, o marinheiro largava as amarras e afastava-se da margem. Ainda tinham podido saltar para dentro do barco, mas o viajante brandiu uma pesada corda cheia de nós e fez menção de lhes dar com ela, o que os impediu de saltarem para bordo.

O Veredictum

Era uma manhã de domingo de um ano que principiava esplendidamente. Georges Bendemann, jovem negociante, estava no seu quarto, no primeiro andar de uma dessas casas atarracadas, construídas de materiais pouco sólidos, que se não distinguiam entre si senão pela altura e a cor das paredes, e que em longa procissão se estendiam pela margem do rio. Acabava de escrever uma carta a um amigo de infância que vivia no estrangeiro; principiou por fechá-la preguiçosamente, depois, de cotovelo apoiado na mesa, através da janela pôs-se a olhar o rio, a ponte e as ondulações de terreno da outra margem, todas cobertas de uma ligeira vegetação muito verde.

Pensava no destino desse amigo literalmente fugido para a Rússia havia muitos anos já, farto de não passar da cepa torta na sua terra. Montara em S. Petersburgo uma casa comercial, que tivera muito êxito de começo, mas depois, e havia já bastante tempo, entrara em crise, segundo se depreendia do que ele próprio contava quando porventura voltava à Pátria, coisa cada vez mais rara. Quer dizer que debalde se ia consumindo no estrangeiro: a barba, grande e ruiva, mal lhe escondia o rosto sempre o mesmo, desde a mais tenra infância, mas de cor amarelenta, indício de um mal que dentro dele germinava. Ao que parece, e ele assim o dizia, não, mantinha quaisquer relações com a colônia dos seus compatriotas, nem tampouco com os indígenas. Tudo o dizia predestinado para um celibato definitivo.

Que podia um homem dizer numa carta a uma criatura desta espécie, visivelmente liquidada, e a quem seria legítimo lamentarmos sem contudo podermos concorrer para a sua salvação? Conviria aconselhá-la a que voltasse à Pátria, a que transferisse para a sua terra o seu modo de vida, que reatasse as suas antigas relações — coisa sem dificuldade de maior — e, quanto ao mais, que confiasse nos seus amigos? Era o mesmo que dizer-se-lhe, sem mais aquelas, e de forma tanto mais aviltante quanto maiores as cautelas com que se lhe falasse, que todas as suas iniciativas tinham falhado, que devia renunciar a tudo, regressar a casa e deixar que os outros o olhassem de olhos muito abertos, como vindo para morrer. Seria como se se lhe desse a entender que só os seus amigos compreendiam a vida e que ele não passava de uma criança grande que só tinha um caminho: deixar-se guiar por quem nunca saíra da sua terra. Valeria a pena causar-lhe tamanho desgosto?

Talvez nem sequer fossem capazes de o convencer a voltar para casa — não costumava ele próprio dizer que nada percebia já das coisas do seu país? — e assim ele lá permaneceria, contra tudo e todos, no seu exílio, azedado com os conselhos que recebera e ainda mais isolado dos amigos. E se, porventura, ele viesse, realmente, a seguir o conselho que lhe davam e acabasse esmagado — sem ser por culpa, claro está, daqueles que o aconselhariam, apenas por força das circunstâncias —, ou se, porventura, não chegasse a seguir o conselho dos amigos nem a governar-se sem eles, humilhado e perdendo, realmente, daí para o futuro a sua pátria, não seria preferível continuar no estrangeiro como até então? Autorizariam as circunstâncias a crer, de fato, que ele viesse a triunfar na sua terra?

Eis os motivos que tornavam impossível, caso se quisesse manter com ele relações epistolares, fazer-se-lhe qualquer séria comunicação, uma dessas comunicações que qualquer indivíduo faria, sem embargo, ao mais distante dos seus amigos. Havia mais de três anos que ele não tornara a pôr os pés na sua terra, circunstância que explicava, sem grande persuasão, com o fato de ser muito incerta a situação política na Rússia, incerteza, esta que em tais condições tornaria impossível a mais breve ausência de um negociante de via reduzida, — quando era certo centenas de milhar de outros negociantes russos andarem pelo mundo na mais serena paz de espírito!

A verdade, entretanto, é que nos últimos anos a situação se modificara muito para Georges.

O amigo soubera da morte da mãe deste, ocorrida uns dois anos antes, e que depois disso ele tinha a seu cargo o pai já muito velho. Exprimira-lhe os seus sentimentos na altura com uma falta de calor só explicável pelo fato de um luto daquela natureza se tornar absolutamente inconcebível no estrangeiro. Mas Georges, desde então, lançara-se ao trabalho, como a tantas outras coisas, com muito mais decisão. Talvez que, em vida da mãe, o pai — não aceitando senão as suas próprias idéias na gerência dos negócios — sempre tivesse impedido o filho de agir realmente pela sua própria cabeça. E talvez, por outro lado também, desde que enviuvara, posto não abandonasse por completo os negócios, se houvesse tornado mais discreto. Talvez — era muito verossímil que tal sucedesse — ocasiões favoráveis tivessem surgido. Fosse como fosse, nos dois últimos anos a empresa desenvolvera-se de forma inesperada. Tinha sido obrigado a aumentar o número de empregados, o volume dos negócios crescera e estavam à vista novos êxitos comerciais.

O amigo, porém, não fazia a menor idéia destas coisas. Outrora — e a última vez, talvez, na carta de pêsames que lhe enviara — tentara persuadir Georges a ir para a Rússia, alargando-se em considerações sobre as possibilidades que S. Petersburgo lhe oferecia, particularmente no ramo comercial em que o amigo trabalhava. Essas cifras estavam a perder de vista, todavia, em confronto com as proporções que o negócio de Georges assumira. E este, que nunca aludira, em carta ao exilado, aos seus êxitos comerciais, não lhe poderia falar disso agora sem estranheza da parte dele.

Contentara-se, pois, em contar-lhe coisas insignificantes, na desordem natural em que elas ocorrem à memória, quando nisso se pensa num sereno domingo.

Não tinha outro objetivo que não fosse conservar na imaginação do amigo a idéia que ele fazia da sua terra natal e à qual se habituara depois da sua remota partida. Eis porque acontecera a Georges anunciar-lhe, por três vezes, em cartas escritas com datas muito diferentes, o noivado de um rapaz qualquer com uma rapariga qualquer também, e de tal sorte que o amigo, contra o que Georges previa, principiara a mostrar interesse por esse curioso noivado.

Georges preferia contar-lhe coisas desse gênero a confessar-lhe que ele próprio ficara noivo, havia coisa de um mês, de uma menina, Frieda Brandenfeld, jovem de uma família opulenta. Freqüentes vezes falava com a noiva desse amigo e da estranha correspondência que mantinha com ele.

— Pelo que vejo, não assistirá ao nosso casamento! — dizia ela —.Tenho o direito de conhecer todos os teus amigos!

—Não lhe quero causar embaraços — respondia Georges —. É necessário que me compreendas: claro que ele viria, se eu lhe pedisse, assim o creio, pelo menos, mas, coagido e vítima de um preconceito, talvez acabasse por ter ciúmes de mim e voltasse para a Rússia descontente e incapaz de se ver livre desse descontentamento. Viver só... saberás tu, porventura, o que isso quer dizer?

— Pois bem, mas não haverá outra maneira de lhe fazer saber o nosso projeto?

— Evidentemente, não serei eu quem o impeça disso, mas, dada a sua maneira de viver, não me parece muito verossímil que tal venha a acontecer.

— Georges, uma pessoa com amigos assim nunca devia casar-se.

— Realmente, somos ambos culpados; mas agora não gostaria de modificar as coisas.

E quando, ofegante dos beijos do noivo, ela ainda dizia.

— A verdade é que, no fundo, isto me vexa —, a ele afigurava-se-lhe natural contar tudo ao amigo. "Sou assim, e ela não tem outro remédio senão aceitar-me como eu sou", meditava; "não posso mostrar-me melhor aos seus olhos".

Com efeito, em extensa carta, anunciou-lhe o seu próximo casamento nestes termos: "Guardei o melhor para o fim. Estou noivo de uma menina chamada Frieda Brandenfeld, jovem pertencente a uma família abastada, que para aqui veio muito depois de tu daqui teres saído e que tu portanto não conheces. Não faltarão oportunidades para dela te falar mais longamente; por hoje quero apenas que saibas que me sinto muito feliz e que em nada as nossas relações serão alteradas, a não ser nisto, que, presentemente, tens em mim um amigo feliz em vez de um amigo como outro qualquer. Além disso podes contar com a amizade sincera da minha noiva, coisa nada para desdenhar, celibatário como és. Entretanto, pede-me que te transmita os seus cumprimentos e que te diga que te escreverá dentro de pouco. Sei perfeitamente que não poderás vir visitar-nos. Todavia sempre te pergunto se o meu casamento não será uma bela altura para mandares passear as circunstâncias que se opõem à tua saída da Rússia? Seja como for, não te preocupes com isso, e não alteres a tua vida".

Com a carta na mão, Georges ficara por muito tempo sentado diante da secretária, o rosto voltado para a janela. Com um sorriso distraído, correspondeu à saudação que lhe dirigiu um amigo que entretanto passara na rua.

Finalmente, meteu a carta no bolso, dirigindo-se, através de um breve corredor, para o quarto onde vivia o pai e onde ele não entrava havia alguns meses já. Aliás, nunca tinha motivos urgentes para ali se deslocar, sempre em contato com o pai na loja. Almoçavam juntos no restaurante; à noite, cada um fazia o que queria, embora passassem sempre alguns instantes juntos, depois de jantar, na sala comum, lendo os jornais, a menos que Georges — assim acontecia freqüentemente — ficasse com amigos ou saísse para visitar a noiva.

Muito o surpreendeu a escuridão do quarto do pai, mesmo com o sol que fazia lá fora naquela tarde. Pois a parede do outro lado do saguão escurecia assim tanto a dependência? O pai estava sentado diante da janela, num recanto todo cheio de recordações da falecida mulher, e lia o jornal, afastando-o da vista para corrigir a presbitia. Em cima da mesa viam-se os restos do almoço, em que ele mal tocara, com certeza.

—Ah! Georges! — exclamou, dirigindo-se imediatamente para o filho. O espesso roupão entreabriu-se-lhe mal se deslocou e as abas solevaram-se-lhe em torno do corpo.

"Meu pai ainda é um gigante", pensou Georges.

— Que escuridão insuportável aqui está! — exclamou em seguida.

— Está escuro, está! — replicou o pai.

—Fechaste a janela?

— Fechei. Prefiro assim.

— Está calor lá fora, — tornou Georges e sentou-se.

O pai levantou a mesa e pousou a louça em cima de um móvel.

— Queria dizer-te apenas isto — acrescentou Georges, que ia seguindo, de olhos distraídos, os movimentos do velho —: que afinal sempre participei o meu casamento para S. Petersburgo. Extraiu um pouco a carta do bolso, deixando-a logo recair no fundo da algibeira.

— Para S. Petersburgo? — perguntou o pai.

— Ao meu amigo, então! — tornou Georges, procurando os olhos do pai. "É tão diferente na loja!" pensava ele. "o à vontade com que ele se senta aqui! Olhem como ele cruza os braços!".

— É verdade, ao teu amigo — repetiu o pai, sublinhando.

— Bem sabes, pai, que era meu desejo não lhe falar no meu casamento. Apenas por delicadeza; não por qualquer outra razão. A coisa não era fácil. A mim próprio dizia que ele podia vir a ter conhecimento do caso por terceiros, embora não fosse nada natural, atendendo à vida que leva — e isso não o podia eu evitar — mas por mim não pensava dizer-lho.

— E afinal mudaste de idéia? — perguntou o pai, pousando o grande jornal no parapeito da janela, e, em cima do jornal, os óculos, sobre os quais pousou a mão.

— É verdade, mudei de idéias. Se ele for, realmente, meu amigo, disse de mim para mim, não pode deixar de ficar contente; com o meu casamento. E foi por isso que me decidi a participar-lhe o fato. Mas, antes de deitar a carta ao correio, quis avisar-te disso.

— Georges! — exclamou o pai, entreabrindo a boca desdentada — escuta. Vieste procurar-me por causa deste caso no intuito de o discutires comigo. Honra te seja, não há dúvida. Mas isso pouco vale, pouco ou nada, caso não estejas disposto agora a dizer-me toda a verdade. Não pretendo remexer em coisas que não são para aqui chamadas. Depois da morte da tua querida mãe passaram-se coisas que não são muito bonitas. Talvez chegue também o momento de elas falarem por si, talvez até mais cedo do que nós esperamos. No comércio muitas coisas me passam despercebidas, talvez mas não ocultem — não quero afirmar que mas escondam —, mas faltam-me as forças, a memória vai-se-me enfraquecendo. Não tenho olhos para ver tudo quanto se passa. Primeiro é isso conseqüência da idade, depois conseqüência da morte da tua querida mãe, que mais me atingiu a mim do que a ti. Mas, visto que viemos a falar deste caso, dessa carta, suplico-te, Georges, não me enganes. Trata-se de uma coisa insignificante, não vale nada, não me contes histórias da carochinha. Tens realmente um amigo em S. Petersburgo?

Georges ergueu-se da cadeira, perplexo.

— Deixemos em paz os meus amigos. Mil amigos que eu tivesse não me substituíam um pai. Sabes o que eu penso? Não te poupas quanto seria preciso. Ora a idade tem os seus direitos. És-me indispensável no comércio, não o ignoras. No entanto, se o comércio pusesse em risco a tua saúde, eu próprio fecharia as portas da loja amanhã, e para sempre. Isto não pode continuar. Temos de arranjar outro modo de vida para ti. Mas de maneira radical. Estás aqui mergulhado nas trevas, mas noutro quarto verias tudo claramente. Em vez de te alimentares a valer, contentas-te com algumas migalhas. Ficas para aí sentado, de janela fechada, quando o ar livre te faria muito bem! Não, pai, vou tratar de chamar um médico e havemos de seguir à risca o que ele disser. Mudaremos os quartos: irás dormir no da frente, e eu ficarei neste. Para ti não se trata de uma mudança, alguém se encarregará de te transportar todas as tuas coisas; mas temos tempo: por agora trata de te deitares, estás muito precisado de repouso. Vamos, eu ajudo-te a despir, verás como me ajeito. A menos que queiras instalar-te já no quarto da frente. Podias servir-te provisoriamente da minha cama. Aliás, é tudo quanto há de mais razoável. Georges, de pé, estava ao lado do pai, o qual havia deixado descair sobre o peito a cabeça toda branca, muito desgrenhada.

— Georges — murmurou o pai em voz baixa e sem se mover.

Georges, ato contínuo, ajoelhou-se ao lado dele; deu-se conta de que pelo canto dos olhos do pai, no rosto cansado, as pupilas dilatadas se fixavam nele.

—Tu não tens nenhum amigo em S. Petersburgo. Foste sempre um mau gracioso e nem comigo és capaz de moderarte. Como havias tu de ter um amigo nessa terra ? Não posso acreditar numa coisa dessas.

— Pois não te lembras, pai? — volveu-lhe Georges. Soergueu-o, pô-lo de pé e enquanto o pai ficava direito, bastante molemente, sobre as pernas, despiu-lhe o roupão. — Vai fazer, não tarda, três anos que ele veio visitar-me. Recordo-me de que te não lembravas dele. Desmenti-o pelo menos duas vezes diante de ti, embora ele estivesse comigo no meu quarto. Compreendia muito bem a tua aversão por ele, pois é verdade que tem as suas extravagâncias. Mas, depois, passaste agradáveis momentos na sua companhia. Como eu me sentia orgulhoso de ver que tu lhe davas ouvidos, que o aprovavas, que o interrogavas! É impossível que te não lembres. Contava histórias incríveis sobre a revolução russa. Por exemplo: essa do pope, que ele tinha visto numa varanda, quando de uma viagem de negócios a Kiew, durante uma sublevação, abrir na palma da mão uma grande cruz sanguinolenta, brandir a mão e chamar a turba. Contastes mesmo essa história várias vezes.

Entretanto conseguira fazer sentar o pai de novo e descalçara-lhe, cautelosamente, as peúgas, bem como as ceroulas de malha, que ele trazia por cima de outras de algodão. Ao ver aquela roupa, nem por isso muito limpa, lastimou, de si para consigo, deixar o pai naquele abandono. Evidentemente que era dever seu cuidar do asseio da roupa paterna. Ainda não conversara claramente com a noiva acerca da forma como, no futuro, cuidar do velho, mas, tacitamente, pelo menos, partiam do princípio de que ele ficaria sozinho na sua antiga casa. De súbito, porém, resolveu que o levaria consigo para o seu novo lar. Afigurava-se-lhe, mesmo, examinando melhor a situação, que os cuidados que lhe ia prestar corriam o risco de chegar tarde demais.

Pegou no pai pelos braços e levou-o para cima da cama. Uma espécie de pânico se apossou dele quando reparou, após alguns passos dados no quarto com ele contra si, que ele, seu pai, encostado ao seu peito, brincava com a corrente do relógio. Custou-lhe a deitá-lo, tão teimosamente ele se agarrava à referida corrente.

Assim que o pai caiu na cama, porém, tudo lhe pareceu correr pelo melhor. Ele próprio se encarregou de se cobrir e de puxar bem para os ombros os cobertores. Depois soergueu para Georges os olhos sem sombra de animosidade.

— Pois não é certo que te lembras dele agora? — perguntou Georges, animando-o a dizer que sim com um aceno de cabeça.

— Estou bem coberto? — inquiriu o pai, como se não pudesse verificar se tinha os pés bem cobertos.

— Sentes-te bem na cama, não é verdade? — interrogou Georges, enquanto lhe entalava a roupa.

— Estou bem coberto? — voltou ele a perguntar. Parecia esperar a resposta com uma atenção muito especial.

— Está descansado. Estás muito bem coberto.

— Não! — exclamou o pai, antes mesmo que a resposta fosse dada, e repeliu de si a coberta com tal energia que esta se desdobrou inteiramente ao abrir-se. Em seguida empertigou-se. Apoiava-se apenas com uma mão contra o teto. — Querias cobrir-me, bem sei, meu grande maroto, mas ainda não estou pronto. São talvez as minhas derradeiras forças, mas para ti chegam e ainda crescem! Conheço muito bem o teu amigo. Seria um filho muito querido para mim. Foi por isso que o enganaste durante todos estes anos. Se não foi por isso, porque razão seria? Julgas que o não chorei? É por isso que tu te entrincheiras no teu escritório, que ninguém te pode incomodar, que o patrão está sempre ocupado: tudo isso é para poderes à vontade mandar para a Rússia essas tuas cartas ignóbeis. Felizmente, porém, ninguém precisa de ensinar um pai a ler no coração de um filho. Quando julga ter mortificado bem o pai, tê-lo mortificado tão bem que lhe pode assentar em cima o traseiro sem ele tugir nem mugir, o senhor meu filho resolve casar!

Georges ergueu os olhos para o pai. Dir-se-ia estar diante de um espantalho. O amigo de S. Petersburgo, que o pai subitamente tão bem conhecia, comoveu-o como nunca. Estava a vê-lo perdido na imensa Rússia. Divisava-o à porta da sua loja vazia e saqueada. Ele lá estava ainda de pé, no meio dos escombros das prateleiras, das mercadorias esventradas e dos canos do gás pendentes. Porque tivera ele de se afastar para tão longe?

— Olha para mim — exclamou o pai, e Georges, quase distraidamente, correu para a cama, para que nada lhe escapasse, detendo-se, porém, a meio do caminho.

— Foi só porque ela arregaçou as saias — principiou o pai numa voz aflautada. — Porque ela arregaçou as saias assim, essa perua repugnante — e, para melhor representar a cena, soerguia a camisa tão acima que se lhe podia ver na coxa a cicatriz, recordação da guerra —, porque ela arregaçou as saias assim e assim, que tu te puseste a arrastar-lhe a asa, e, para mais à vontade a gozares, manchaste a memória da tua mãe, atraiçoaste o teu amigo e meteste-me a mim, teu pai, na cama, para que me não pudesse mexer. Mas ele mexe-se ! Pode ou não mexer-se? Mexe-se ou não?

111

De pé, dava pontapés para a direita e para a esquerda. A inteligência esplendia-lhe no rosto.

Georges conservava-se a um canto, o mais longe que podia do pai. Resolvera, momentos antes, firmemente, observar tudo com o maior cuidado, para não correr o risco de se ver surpreendido indiretamente, desta ou daquela maneira, por detrás ou por cima. Agora lembrava-se da resolução que esquecera, e depois voltava a esquecê-la, era como uma ponta de linha muito curta que se quer fazer passar pelo fundo de uma agulha.

— Mas o teu amigo não foi atraiçoado! — gritava o pai, e apoiava esta informação com o dedo indicador, que agitava no ar. —Eu representava-o aqui, neste mesmo lugar.

— Comediante! — não pôde Georges deixar de exclamar, mas, ato contínuo, compreendeu o seu excesso (tarde demais!) e tão rijamente mordeu a língua que se contraiu com dores.

— Pois claro! Naturalmente representei uma comédia! Comédia! Rica palavra! Que outra consolação restava ao velho pai viúvo? Dize lá (e enquanto me respondes, meu filho, continua vivo), que me restava a mim fazer neste quarto das traseiras, velho e relho como sou; perseguido por um pessoal infiel? E o meu filho por aí andava, de um lado para o outro, jovial, fechava negócios que eu tinha preparado, dava cabriolas de satisfação e passava diante do pai com o rosto grave de um homem honesto! Julgas que eu te não amei, eu, de quem tu descendes?

"Agora vai-se debruçar para diante" pensou Georges. "Se ele caísse e estourasse..." A palavra sibilou-lhe no cérebro, como uma serpente.

O pai inclinou-se para diante, mas não caiu. Visto Georges não se ter aproximado, como ele esperava, levantou-se.

— Deixa-te estar onde estás, não preciso de ti! Julgas que ainda tens coragem para te aproximares de mim, e que o não fazes apenas porque não queres? Tem cuidado, não te enganes. Ainda sou muito mais forte do que tu. Sozinho, talvez me sentisse obrigado a recuar, mas a tua mãe comunicou-me a sua força, associei-me magnificamente com o teu amigo, tenho a tua carta, aqui, na minha algibeira!

"Tem algibeiras até na fralda da camisa!" disse Georges de si para consigo, e julgava tornar isso impossível no mundo inteiro pelo simples fato de o pensar. Aliás só o pensou um momento; esquecia sempre tudo.

— Experimenta agarrares-te à tua noiva e aproximares-te de mim! Verás se eu não saberei varrê-la para longe de ti!

Georges fez uns trejeitos de boca, como se não acreditasse. O pai apenas abanou a cabeça, para confirmar o que acabava de dizer, olhando para o lado de Georges.

— O que tu me divertiste, hoje, ao vires perguntar-me se devias falar do teu casamento ao teu amigo! Ele sabe tudo, imbecil, sabe tudo! Eu escrevia-lhe. Esqueceste-te de me tirar o tinteiro! Por isso ele não aparece há tantos anos. Sabe tudo muito melhor do que tu. Amarrota as tuas cartas com a mão esquerda, sem as ler, e fica com as minhas na direita, para que as leia.

Entusiasmado, o pai agitava o braço por cima da cabeça.

— Sabe tudo muito melhor do que tu! — repetiu.

— Muito, muito melhor! — confirmou Georges, para escarnecer do pai, mas as palavras adquiriram na sua boca uma gravidade sepulcral.

— Há anos que eu esperava que viesses fazer-me essa pergunta! Julgas que qualquer outra coisa me preocupa? Julgas que leio os jornais?

Olha! — e atirou a Georges uma folha do jornal, que com ele tinha seguido para a cama, não se sabe muito bem como, uma folha muito velha, jornal antigo demais para o rapaz se lembrar dele.

— O tempo que tu levaste a amadurecer! Foi preciso que tua mãe morresse, não pôde ver esse grande dia, o teu amigo está em vésperas de morrer na sua Rússia. Há três anos já ele não prestava senão para dejetos, e tu estás a ver o estado em que estou, tens olhos para isso?

— Com que então andaste a espiar-me? — gritou Georges.
O pai respondeu, num tom de piedade, como se se tratasse de uma questão de pormenor:
— Querias dizer isso mais cedo? Agora é tarde demais.
—Depois, mais alto: — Sabes agora o que houve fora de ti! Até aqui só te sabias a ti mesmo! No fundo eras uma criança inocente, mas, mais fundo ainda, um ser diabólico. E é por isso, fica sabendo, que eu te condeno neste instante a morreres afogado.
Georges sentiu-se expulso do quarto, levava nos ouvidos o ruído da queda do pai, que se estatelara na cama atrás dele. Na escada, por cujos degraus se precipitava como por um plano inclinado, foi de encontro à criada que subia disposta a tratar dos arranjos domésticos matinais.
— Jesus! — exclamou ela, tapando a cara com o avental. Ele, porém, já ia longe. Saiu porta fora e galgou os trilhos do bonde, irresistivelmente atraído pela água. E eis que se agarra ao parapeito como um faminto à gamela. Galgou a grade, ginasta consumado que fora na sua juventude, com grande orgulho dos pais. Agüentou-se ainda um momento, suspenso por uma mão que perdia as forças, por entre os balaustres de ferro aguardou um ônibus cujo ruído ocultasse facilmente a queda, e gritou debilmente:
— Queridos pais, eu sempre vos quis muito! — e deixou-se cair no espaço.
Nesta altura, na ponte, a circulação era incrível.

REMINISCÊNCIA DO CAMINHO DE FERRO DE KALDA

Em certa época da minha vida — já lá vão muitos anos — desempenhei funções numa linha de caminho de ferro de via reduzida lá para os confins da Rússia. Nunca em parte alguma estive tão abandonado como ali. Por várias razões que não vêm para o caso o que eu agora procuro é um lugar do mesmo gênero. Quanto maior a solidão que me ressoava aos ouvidos, melhor eu me sentia, e não faço tenções de me lastimar, mesmo agora. De princípio faltava-me apenas uma atividade qualquer. É possível que esta linha de via reduzida tenha sido construída primitivamente com vista a qualquer projeto econômico, mas a construção foi interrompida por falta de capitais, e, em vez de levar a Kalda, a primeira localidade importante, da qual nos separavam cinco dias de jornada, a linha detinha-se numa pequena colônia, um verdadeiro deserto, ainda a um dia inteiro de jornada da mesma cidade. Ora, mesmo prolongada até Kalda, a linha teria necessariamente de ser um negócio sem lucro por tempo indeterminado, pois o projeto estava errado.

A região precisava de estradas e não de caminhos de ferro. No estado em que se encontrava, porém, ainda mais dificilmente poderia manter-se: os dois comboios diários transportavam carregamentos que caberiam à vontade numa carroça e, quanto a passageiros, só no verão apareciam alguns trabalhadores agrícolas. No entanto não queriam deixar a linha morrer de todo. Mantendo-a em atividade, esperavam vir a atrair fundos necessários para a continuação das obras. Em, minha opinião, porém, esta esperança era menos esperança que desesperança, desesperança e preguiça. A linha funcionaria enquanto houvesse material e carvão. Pagavam aos poucos operários, em serviço, salários irregulares, cerceados como se se tratasse de gratificações, e, quanto ao mais, esperava-se o afundamento total da empresa.

Era, pois, nesta linha que eu exercia funções. Vivia numa barraca que datava da construção da via e ficara a servir de apeadeiro. Tinha apenas um compartimento, onde havia uma cama de campanha para mim — e uma escrivaninha, na hipótese eventual de quaisquer escriturações. Em cima da escrivaninha assentava o aparelho telegráfico. Na primavera, a época em que eu chegara, um dos comboios passava na estação muito cedo — horário que mais tarde foi modificado — e às vezes acontecia chegar um viajante quando eu ainda dormia. E claro que não ficava ao relento — as noites, naquela região, eram muito frescas até meio do verão —, batia à porta, eu abria e levávamos, às vezes, manhãs inteiras a cavaquear. Eu, estendido sobre a minha cama de campanha, o meu hóspede, acocorado no chão, ou então, de acordo com as instruções que eu dava, fazendo o chá que depois bebíamos juntos, tu cá tu lá. Todos os camponeses dali eram extremamente sociáveis. Aliás, eu próprio verifiquei não ser feito para suportar uma solidão absoluta, embora de mim para mim tivesse de confessar, ao fim de algum tempo, que a solidão a que me condenara principiava a fazer desaparecer as antigas preocupações. De maneira geral cheguei à conclusão de que é uma grande prova de força para uma desgraça persistir dominando um ser isolado. A solidão é muito poderosa e impele-nos de novo para os homens. Depois, naturalmente, tentamos encontrar outros caminhos, menos dolorosos na aparência, na realidade apenas ainda desconhecidos.

Familiarizei-me com a gente daqueles sítios muito mais do que pensava.

Não havia um comércio regular, claro está; qualquer das cinco povoações com que eu podia comunicar ficava a algumas horas de caminho, quer do apeadeiro quer umas das outras. Afastar-me demasiado da estação, eis o que eu não podia fazer sem correr o risco de perder o meu posto. E isso não o queria eu, pelo menos nos primeiros tempos. Era-me impossível, portanto, deslocar-me até às povoações. Via-me reduzido à companhia dos viajantes ou das pessoas que não receavam fazer tão longo percurso para se encontrarem comigo. Logo nos primeiros meses apareceram pessoas dispostas a isso, mas, por mais cordiais que fossem, era fácil verificar que me não vinham visitar senão para me propor negócios, intenção que, aliás, não escondiam. Traziam consigo toda a espécie de mercadorias, e tão grande era a satisfação que eu sentia ao vê-los, principalmente a alguns deles, que sempre que tinha dinheiro comprava o que me ofereciam por assim dizer às cegas. É certo que com o tempo fui reduzindo as minhas compras, e isto porque me quis parecer que a minha maneira de comprar lhes parecia a eles desprezível. Além disso, eu recebia mantimentos pelo caminho de ferro, embora de muito má qualidade e ainda mais caros do que os dos camponeses locais.

De princípio, tive a intenção de cultivar uma pequena horta, de comprar uma vaca e assim tornar-me independente dos outros o mais que pudesse. Trouxera mesmo comigo ferramenta e sementes: terra era a coisa que mais abundava. Em volta da minha barraca havia uma planície, grande a perder de vista. Mas faltavam-me as forças para amanhar essa terra.

Um solo recalcitrante, completamente gelado, até à primavera, e que resistia mesmo à minha enxada nova bem afiada. Tudo que ali semeava era para apodrecer. Algumas crises de desespero me sobrevieram no decurso desse trabalho. Eu ficava deitado dias inteiros na minha cama de campanha, não saindo nem mesmo quando chegavam os comboios. Limitava-me a deitar a cabeça pelo postigo aberto mesmo por cima da cama e a dizer que estava doente. O pessoal do comboio, que se compunha de três homens, entrava então na barraca, para se aquecer, embora calor fosse coisa que ali não havia, pois eu fazia o possível por não me servir do fogão, sempre pronto a explodir. Preferia continuar deitado, enrolado numa velha manta quente e coberto com toda a espécie de peles de animais que a pouco e pouco comprara aos campônios.

— Estás muitas vezes doente — diziam me eles. — És um tipo fraco. Nunca mais daqui sairás.

Não é que eles me quisessem desgostar: apenas procuravam dizer a verdade na medida do possível. As mais das vezes diziam-no, abrindo muito os olhos, particularmente estúpidos.

Uma vez por mês, mas sempre em datas diferentes, aparecia um inspetor, que vinha proceder à revisão dos meus registros, recolher o dinheiro em caixa e — o que nem sempre acontecia — pagar-me o salário. A sua chegada era-me sempre anunciada de véspera pelos homens que o tinham deixado na última estação. Consideravam esta informação um grande serviço que me prestavam, embora, claro está, eu tivesse sempre tudo em ordem.

Não me dava isso o mais pequeno cuidado. Mas o inspetor, pela sua parte, penetrava sempre no apeadouro com o ar de alguém que, dessa vez, ia descobrir graves irregularidades no meu serviço. Abria sempre a porta da barraca com o joelho, ao mesmo tempo que me fitava logo de frente. Assim que consultava o livro encontrava logo um erro. Longo tempo me era necessário para lhe provar, tornando a fazer as contas diante dele, que o erro não era meu, mas dele. Nunca parecia contente com a receita que eu fazia; depois dava um piparote no livro de registros e lançava-me de novo um olhar perfurante:

— Vamos ser obrigados. a suspender o tráfego — dizia todos os meses. — Assim será — respondia eu habitualmente. Logo que a inspeção acabava, as nossas relações modificavam-se.

Tinha sempre preparada, quando possível, algumas guloseimas. Bebíamos à saúde um do outro, ele tinha uma voz suportável, não cantava senão duas canções. Uma delas era triste e principiava assim: "Onde vais, meu menino, floresta além?". A outra era alegre e principiava deste jeito: "Joviais companheiros, contai comigo!". Consoante o estado de espírito em que eu conseguia pô-lo, assim recebia o meu salário por partes. Mas apenas no princípio deste gênero de cavaqueiras eu o vigiava com reserva mental.

Depois, ambos de acordo, púnhamo-nos a vociferar sem freio contra a administração. Ao ouvido, segredava-me promessas secretas quanto à carreira que queria que eu viesse a seguir e por fim acabávamos por nos estender os dois em cima da cama de campanha, abraçados um ao outro, abraço tão apertado que às vezes durava seis horas seguidas. Partia na manhã seguinte, depois de reassumir a sua postura de chefe. Eu, de pé diante da carruagem, apresentava-lhe as minhas despedidas. Habitualmente voltava-se ainda para mim, ao subir para o comboio, e dizia:

— Bom, amiguinho, cá nos tornaremos a ver dentro de um mês. Tu bem sabes o que arriscas.

Ainda estou a ver-lhe o rosto opado, voltado penosamente para mim: as faces, o nariz, os, beiços, tudo se projetava para a frente naquela cara.

Esta era a grande diversão, uma vez por mês, e durante a qual eu me abandonava por completo; se, porventura, ainda ficasse que beber, eu tratava de escorripichar a garrafa mal o inspetor abalava. A maior parte das vezes, quando ouvia o apito do comboio, já o álcool gorgolejava pelas minhas goelas abaixo. Depois de uma noite daquelas a sede era horrível, era como se um segundo homem estivesse em mim, o qual metesse a cabeça e o pescoço pela minha boca para reclamar, gritando, qualquer coisa que beber. O inspetor era previdente: trazia sempre consigo, no comboio, grande provisão de bebidas, mas eu tinha de me contentar com os restos. Depois, durante o mês inteiro, não voltava a beber, não fumava, cumpria as minhas obrigações e nada mais desejava. Como disse, o trabalho não era de quebrar osso, mas eu fazia-o com toda a consciência. Por exemplo, competia-me limpar e inspecionar a via férrea todos os dias no percurso de um quilômetro, tanto à direita como à esquerda do apeadouro. Mas eu não me limitava a cumprir esta postura do regulamento, e ia muitas vezes mais longe, tão longe que quase perdia de vista a estação. Em dias claros ainda se lobrigava a uns cinco quilômetros de distância, visto os campos serem absolutamente planos. Quando estava longe o bastante para a barraca se me afigurar apenas uma luzinha pálida cintilando-me diante dos olhos, em virtude de uma ilusão de ótica julgava ver muitos pontos negros a avançarem para o apeadouro.

Eram multidões, bandos inteiros. Mas, às vezes, aparecia, realmente, alguém, e eu punha-me a correr, brandindo a pá, forçado a percorrer em sentido inverso todo o longo caminho.

À tardinha, findo que era o meu trabalho, recolhia-me definitivamente a casa. Aliás, nunca tinha visitas a essa hora, visto o regresso às aldeias nunca ser muito seguro pela noite. Rondava aquelas paragens toda a espécie de vagabundos sem eira nem beira, não gente da região, gente que ia e vinha. Eu próprio pude ver muitos deles; a estação solitária atraía-os; e não se podia dizer que fossem propriamente perigosos, mas convinha tratá-los com severidade.

Eram os únicos que me incomodavam na época dos longos crepúsculos. Caso contrário, para ali ficava, estendido na minha cama, sem pensar no passado, sem pensar na estação. O próximo comboio só chegava entre as seis e as onze horas da noite. Em suma, não pensava absolutamente em nada. Uma vez por outra percorria com os olhos qualquer velho jornal que me atiravam do comboio, onde havia histórias escandalosas de Kalda, que talvez me tivessem interessado, mas que não podia compreender lendo os números avulsos. Porém, cada número trazia a continuação de um folhetim intitulado: *A Vingança do Comendador*. Uma vez sonhei com esse comendador, que usava sempre um punhal à cinta — em dada altura trazia-o, mesmo, entre os dentes. De resto, não podia ler muito, visto depressa escurecer e o petróleo ou a candeia ficarem por preço exorbitante. A companhia apenas me fornecia, mensalmente, meio litro de petróleo, que eu gastava muito antes do fim do mês, só com a lanterna da via acesa, à noite, durante meia hora. Mas até esta luz não era precisa e deixei de a acender por completo, pelo menos nas noites de luar. Calculava vir a ter necessidade premente desse petróleo, findo que fosse o verão. Eis porque abri uma fossa num recanto da choupana, em que instalei um velho barril de cerveja untado de alcatrão, onde todos os meses vasava o petróleo economizado. Cobrira tudo com palha e ninguém dava por nada.

Quanto mais a barraca cheirava a petróleo mais contente me sentia; cheirava assim, porque o barril, de madeira carunchosa, deixava repassar o petroleo. Mais tarde, enterrei o barril lá fora, por medida de precaução. Certo dia o inspetor bancou o fanfarrão diante de mim, puxando de uma caixa de fósforos Como eu quisesse tirar-lha, principiou a lançar fósforos! acesos pelo ar. Estávamos todos — eu, ele e o petróleo — em grande perigo. Evitei o caso, apertando-lhe o pescoço. Acabou por deixar cair os fósforos todos.

Durante as horas de ócio pensava muitas vezes na maneira de me defender do inverno. Se já naquela altura, estação quente, eu sentia frio — e diziam-me que o ano fora mais quente do que nenhum outro, havia muito tempo — que não seria em pleno inverno? Fazer reserva de petróleo não passava de uma fantasia. Para ser razoável, deveria guardar outra coisa para o inverno. Era um fato que a sociedade não ia preocupar-se muito comigo, mas eu era muito leviano, ou, para melhor dizer, não era leviano, a minha própria pessoa é que me não merecia tanta importância que valesse a pena fazer qualquer coisa em seu benefício. Como me não sentia mal durante a estação calmosa, por aí me deixei ficar, e não fiz mais projetos.

Uma das razões que me levaram a escolher aquele local fora a perspectiva da caça. Tinham-me dito que a região era extremamente abundante em caça e eu tratara de reservar uma espingarda, que me mandariam logo que tivesse economizado dinheiro.

Ora foi-me dado verificar que não havia vestígios de caça nos arredores; só apareciam, e de longe em longe, assim me disseram, ursos e lobos, e não vi nenhum durante os primeiros meses que ali estive. Em compensação havia grandes ratos, de uma espécie muito particular, que tive ocasião de observar, não tardou muito, correndo em bandos pelas estepes, como se o vento os levasse. Mas a caça que eu festejaria, essa não apareceu. Não que as pessoas me tivessem informado mal: havia, de fato, uma zona muito abundante em caça, mas ficava a três dias de viagem. Não pensava que nessa região, inabitada em centenas de quilômetros, as referências aos lugares fossem tão pouco rigorosas.

Fosse como fosse, de momento, pelo menos, não precisava da espingarda, e podia dispor desse dinheiro para outra coisa; contudo, devia pensar em arranjar uma arma para o inverno e para isso passei a pôr regularmente de lado algumas migalhas. Para os ratos, que às vezes se atiravam às minhas provisões, a minha grande faca bastava.

Nos primeiros tempos, quando ainda me lançava sobre tudo cheio de curiosidade, aconteceu-me cravar uma dessas ratazanas com a minha faca e fixá-la contra a parede ao nível dos olhos. Nunca se vêem bem os animais de pequeno porte senão quando os pomos diante de nós à altura da vista. Se nos debruçarmos para eles e os olharmos quando no chão, temos deles uma imagem falsa e incompleta.

O mais extraordinário naqueles ratos eram as unhas: grandes, ligeiramente cavadas e no entanto muito aguçadas na ponta. Eram feitas adrede para fugir. No primeiro combate que a ratazana manteve comigo, suspensa da parede diante de mim, estendeu as garras numa calma aparentemente brusca, em contraste com a sua natureza viva. Parecia uma mãozinha estendida para mim.

Em geral, estes bichos pouco me incomodavam, mas acordavam-me, às vezes, pela noite adiante, quando passavam em frente da minha barraca, a toda a velocidade, batendo com as patas no chão duro. Se porventura, nessas ocasiões, me sentava na cama e acendia a vela, acontecia ver trabalhar febrilmente em qualquer fenda aberta nos troncos da barraca as unhas de um rato que se agarrara pela parte de fora. Era trabalhar em pura perda; teriam sido precisos dias inteiros de trabalho para abrir um buraco suficiente para um rato passar. E no entanto, mal raiava o dia, o rato dava às de vila-diogo, depois de ter trabalhado como um operário ciente do que faz. E fazia bom trabalho; realmente, só partículas imperceptíveis voavam sob as patas fossadoras, mas as garras nunca entravam em ação sem resultado. Acontecia, às vezes, observar este espetáculo por muito tempo, durante a noite, acabando por adormecer, tão regular e calmo era o trabalho do bicho. Não tinha já forças para apagar a vela e, meio adormecido ainda, ficava a ver o rato na sua tarefa.

Uma vez, numa noite quente, como ainda ouvisse remexer as patas de um deles, saí cautelosamente da barraca, sem acender a luz, na intenção de ver o próprio animal. Tinha a cabeça, de focinho muito agudo, bastante baixa, quase introduzida entre as patas da frente, para tocar na madeira o mais de perto possível e enfiar bem as garras, muito por baixo, em profundidade. Tão tenso estava, que dir-se-ia alguém lhe segurar as patas pelo interior e puxar por ele de modo a fazê-lo entrar à força na barraca. E, no entanto, o pontapé com que eu matei o bicho acabou logo com tudo. Plenamente acordado, não podia tolerar que me atacassem a casa; tudo quanto tinha de meu.

Para proteger a barraca contra os ratos, tapei todas as aberturas com palha e estopa e de manhã fiscalizava o solo em volta. Pensei também em cobrir o chão, até aí térreo, de tábuas, que poderiam ter a sua utilidade no inverno. Um camponês da povoação próxima, um tal Jekoz, prometera-me, havia muito, trazer para esse efeito belas pranchas secas. Já lhe untara as mãos mais de uma vez em troca desse serviço; de fato, nunca estava muito tempo sem me aparecer; por ali passava, de quinze em quinze dias, tinha às vezes coisas a expedir pelo comboio, mas nada de me trazer as tábuas. Servia-se de grande variedade de pretextos para se desculpar, as mais das vezes dizendo que era muito velho para carregar com a madeira e que o filho, que transportaria as pranchas, andava a trabalhar no campo. Ora, assim ele o dizia, e ao que parece era certo. Jekoz já passava dos setenta anos, era de grande porte e ainda muito vigoroso. Acontecia-lhe, todavia, variar de pretexto. No dia seguinte falava das dificuldades que tinha em conseguir as tábuas tão compridas como eu desejava. Não insistia, essas tábuas não me eram absolutamente indispensáveis: fora o próprio Jekoz quem me sugerira a idéia de revestir com elas o piso.

Talvez até um revestimento desses não me trouxesse vantagens; em suma: nada me impedia de ouvir, sossegadamente, as mentiras do velho.

Invariavelmente acolhia-o com as mesmas palavras:

— Então as tábuas, Jekoz? E lá vinham, ato contínuo, as desculpas meio gaguejadas. Via-me a mim mesmo inspetor, capitão, ou até simples telegrafista. Prometia-me não só trazer-me as tábuas daí a dias, mas levantar, mesmo, toda a barraca pelo filho e alguns vizinhos e construir em seu lugar uma sólida mansão.

Ouvia-o até que, fatigado, corria com ele. Mas uma vez cá fora, ainda me pedia, de novo, perdão, erguendo os braços, pretensamente tão frágeis, e com os quais, de fato, era capaz de reduzir a pó um homem feito. Eu sabia porque não me trazia ele as tábuas; pensava que, com a proximidade do inverno, eu teria maior necessidade delas, e então lhas pagaria por melhor preço. Entretanto, enquanto me não trouxesse as tábuas, valorizava-se a meus olhos. Naturalmente não era estúpido e sabia que eu não ignorava o que ele pensava, mas, no fato de eu não tirar partido desse conhecimento, via uma vantagem que desejava preservar.

No entanto, todos os preparativos que eu fazia para proteger a barraca contra os ratos e para me segurar para o inverno tiveram de ser interrompidos quando, ao findar o primeiro trimestre de serviço, adoeci gravemente.

Até então e durante anos vira-me livre de toda a espécie de doenças, nem sequer sabia o que fosse uma simples indisposição. Desta vez, porém, adoeci. Principiou com uma tosse dos diabos. A algumas horas de caminho da estação, no interior das terras, havia um ribeirinho onde eu ia buscar a minha provisão de água, que metia num barril e transportava num carrito de mão. Às vezes também ali tomava banho, e a tosse fora conseqüência disso. Tão violentos eram os acessos que me vergava em dois, certo de que não resistiria, caso não me estorcesse, concentrando todas as minhas forças. Pensei que a minha tosse iria assustar o pessoal do comboio, mas os homens conheciam-na e chamavam-lhe tosse de lobo. De fato, principiei a ouvir o uivo no meio da tosse. Sentado num mocho, diante da barraca, saudava o comboio, uivando na altura da sua partida. Em vez de me deitar, de noite ajoelhava-me em cima da cama de campanha e mergulhava a cabeça nas peles, para ao menos não me ouvir uivar. Guardava impaciente o momento em que a rotura de qualquer vaso pusesse ponto final à tosse. Mas isso não aconteceu, e a tosse foi-se, mesmo, ao fim de alguns dias. Existe uma tisana que a cura, e um dos maquinistas prometeu trazer-ma, explicando-me que não valia a pena tomá-la senão oito dias depois de a tosse principiar; de outro modo, não daria resultado. No oitavo dia, lá veio ele, realmente, com a tisana e lembro-me de que, além do pessoal do comboio, dois passageiros, dois camponeses novos, penetraram na barraca para ouvir o primeiro ataque de tosse após a ingestão da mesinha, pois, ao que parece, esse ataque de tosse é de bom presságio. Bebi, tossi e cuspi o primeiro gole na cara dos que me rodeavam, mas senti-me, realmente, logo aliviado, embora a tosse já há alguns dias se me afigurasse mais atenuada. A febre é que nunca mais desaparecia.

Cansava-me muito, perdia toda a resistência. De repente, cobria-se-me a testa de suor. Punha-me, então, a tremer todo tinha de me deitar fosse onde fosse enquanto não voltava a mim. Era evidente que não melhorara, antes piorara, e que precisava de partir para Kalda, onde deveria ficar alguns dias até melhorar de todo.

NOTA DO AUTOR: Principiei, com tanta esperança, e aqui estou eu afastado das três histórias iniciadas, hoje mais brutalmente do que os outros dias. Talvez fosse preferível não pegar na minha história russa senão depois de trabalhar em *O Processo*. Nesta esperança ridícula, que se não apóia visivelmente senão numa quimera mecânica, ponho-me a escrever *O Processo*. Não foi completamente em vão.

(do Diário de Franz Kafka, de onde, aliás, é extraída esta história incompleta).

O Solteirão

Préfleury regressava a casa, certa tarde — não sem esforço, pois vivia no sexto andar. Enquanto ia subindo, mais uma vez (e nestes últimos tempos, como nunca) sentia o quanto era dolorosa a sua vida solitária: ter de subir, como que escondendo-se, aqueles seis andares, para atingir a sua casa deserta, e, aí, vestir, sempre secretamente também, o roupão, acender depois o cachimbo, percorrer o jornal francês, de que era assinante havia anos, enquanto bebia um *kirsche* de sua lavra, e finalmente, deitar-se ao cabo de meia hora, não sem antes ter refeito a cama, pois, desdenhando todas as suas instruções, a diarista obstinava-se a fazê-la como lhe dava na gana. O mais vulgar dos companheiros, a mais humilde testemunha, que bênção para ele! Já pensara num cãozinho. Eis um animal engraçado, grato, e fiel, sobretudo! Um dos seus colegas tinha um. Por mais breves que sejam as suas ausências, o cão acolhe sempre com grandes latidos o regresso do dono, naturalmente para manifestar a alegria que lhe dá reencontrar tão cara providência! Um cão! Mas isso comporta também alguns aborrecimentos. Por muito limpo que a gente o traga, é por vezes pouco asseado, e então que fazer? Não podemos lavá-lo em água quente antes de lhe abrir a porta, nem a saúde dele o suportaria. Aliás, Préfleury é homem asseado em extremo. Maníaco da ordem mais estrita, dez vezes por semana discute com a empregada, sem escrúpulos nesse ponto. Como ela é mouca, costuma levá-la por um braço até aos recantos do quarto mal vasculhados. Graças a essa severidade, conseguiu obter no quarto uma ordem pouco mais ao menos de acordo com os seus desejos.

Mas admitir um cão de portas adentro não seria o mesmo que tolerar essa falta de limpeza de que até aí se havia meticulosamente livrado? Haveria pulgas, essas eternas companheiras dos cães...

Pulgas! E, assim, Préfleury, abandonando ao cão a sua confortável casa, acabaria por ter de procurar outra. Mas a desordem e a porcaria seriam apenas parte dos aborrecimentos que acarretam os cães.

Eles estão sujeitos a doenças, essas doenças caninas de que ninguém compreende patavina. Enrodilhado a um canto ou arrastando-se, o animal doente gane, tossica, engasga-se, possuído de um misterioso mal-estar. Embrulhamo-lo num cobertor, assobiamos-lhe uma cantiguinha, levamos-lhe leite, numa palavra, cuidamos dele na esperança de que se trate apenas, como é natural, de um desarranjo passageiro, mas pode acontecer também que seja alguma doença repugnante ou mesmo contagiosa. E depois, mesmo com saúde, o animal tem, forçosamente, de envelhecer; e ninguém é senhor de se desfazer a tempo de um bicho tão fiel ... Eis que um dia, no fundo dos olhos do cão, a nossa própria velhice nos olha lacrimejante! Quase cego, com dispnéia, e obeso, o cão depende de nós e faz-nos pagar largamente as alegrias que porventura nos deu. Por muito grande que lhe parecesse essa momentânea felicidade, Préfleury preferia subir sozinho, trinta anos ainda..., a sua escada a ter de aturar no futuro um cão arquejante e gemendo mais do que ele, subindo a seu lado, degrau a degrau, a mesma escada.

Préfleury continuará, pois, sozinho, alheio aos caprichos de velha solteirona que quer, por força, perto de si, qualquer coisa viva e sem defesa, que possa proteger, acariciar e amimar a todo o instante: um gato, um canário, porque não até mesmo uns peixinhos encarnados?... À falta disso, algumas flores no parapeito da janela lhe bastam... Quanto a ele, Préfleury, só pedia um companheiro, um animal que lhe não desse muito trabalho, que pudesse, a seu tempo, receber um ponta-pé, ou passar a noite fora. Um animal que, ao menor desejo do dono, começasse a ladrar, a saltar, a lamber-lhe as mãos. Eis do que Préfleury precisava. Mas, refletindo no reverso dessa medalha, renuncia. No entanto, o seu espírito meticuloso leva-o de vez em quando a voltar às mesmas idéias.

No alto da escada, no momento em que diante da porta tira a chave da algibeira, vem surpreendê-lo um leve ruído. Um estranho tic-tac muito rápido, muito regular! Como acaba de pensar em cães, Préfleury evoca o ruído das patas, batendo alternadamente no chão. Mas as patas não fazem aquele barulho; não, não é bater de patas. Abre, de repente, a porta e dá volta ao interruptor. Inesperada visão! Tem diante dos olhos uma verdadeira obra de feitiçaria: duas bolinhas de celulóide, brancas, com riscas azuis, saltam no chão uma ao lado da outra! Enquanto uma está no chão, a outra está no ar.

Infatigável, o jogo prossegue. Outrora, no colégio, durante uma experiência de eletricidade, Préfleury viu uns pequenos berlindes saltarem assim.

Desta vez, porém, bolas bastante grandes lhe pulavam livremente no quarto, — e não se tratava de uma experiência de física! Préfleury debruçava-se para melhor observá-las. Não há dúvida, são duas bolas vulgares; e devem conter, no interior, outras mais pequenas, só assim se explica aquele ruído. Passa-lhe as mãos por cima, para se assegurar de que não estão suspensas de um fio invisível. Não, saltam por si! É pena que Préfleury já não seja uma criança... Duas bolas daquelas, que maravilhosa surpresa! Agora só lhe trazem uma impressão desagradável. Por mais que se esforçasse por viver apagadamente a sua pobre vida de celibatário, alguém — não importa quem! — lhe desvendara o incógnito e lhe enviara aquele estranho brinquedo. Tenta apanhar uma; as bolas recuam e arrastam-no atrás delas até ao quarto. "Que pateta sou, para andar a correr atrás destas bolas". Pára e segue-as com olhar. Mas elas, cientes de que a perseguição terminou, param também! "Contudo... tentemos outra vez!" diz de si para consigo. E ei-lo a correr atrás delas! Fogem logo, mas Préfleury, afastando as pernas, aperta-as num recanto, e, diante da maleta, que ali ficou no chão, consegue agarrar uma delas. É uma bolinha viva: rodopia-lhe na mão, impaciente, ao que parece, por se escapar. E eis que a outra, como se sentisse a angústia da companheira, começa a saltar mais alto, alonga os saltos, até atingir a mão do homem. E bate-lhe, bate-lhe, em saltos cada vez mais rápidos, variando os pontos de ataque; depois, imponente na luta, procura a mão que segura a bola, salta ainda mais alto, como para lhe bater no rosto.

Préfleury podia apanhá-la também, e fechá-las a ambas, mas tomar tão rigorosa medida contra duas bolinhas parece-lhe, de momento, coisa indigna.

No final de contas, que sorte aquelas duas bolas! Depressa se cansarão e rolarão para debaixo de um armário a aí o deixarão em paz.

Mas, a despeito de tão válidos argumentos, Préfleury, irado, lança a bola ao chão. É milagre não se quebrar a fina e transparente película de celulóide... Logo ambas retomam o saltitar alternado.

Préfleury despe-se tranqüilamente e arruma a roupa no armário. Tem o hábito de verificar com minúcia se a mulher a dias deixou tudo em ordem. Uma ou duas vezes, relanceia por cima do ombro um olhar às bolas que, embora ele as desdenhe, não parecem querer retribuir-lhe na mesma moeda. Aproximaram-se uma da outra e saltam-lhe literalmente nas costas. Préfleury enfia o roupão e prepara-se para retirar do gancho, na parte fronteira, um dos seus cachimbos, aí dependurados. Antes de se voltar, dá involuntariamente um pontapé para trás. Mas as bolas esquivam-se a tempo, e, quando vai pegar no cachimbo, escoltam-no; arrasta as pantufas, dá passos desiguais, mas cada um dos seus passos é sublinhado regularmente, a compasso, com o salto de uma delas. Avançam quando ele avança, e quando retorna, fazendo meia-volta, ei-las de novo nas suas costas!

Será assim todas as vezes que ele se voltar? Dir-se-á uma escolta: querem evitar passar-lhe na frente. Até aí, parecem tê-lo ousado apenas para se apresentarem, agora entraram ao serviço!

Sempre que em sua vida Préfleury, extraordinariamente, não conseguira dominar os sentimentos, preferira fazer de contas que não dera por nada. Fora quase sempre bem sucedido, e, pelo menos, assim aplanava a situação. É o que faz agora. De pé, diante do estojo dos cachimbos, escolhe um e, sem se ocupar mais das bolas, principia a carregá-lo com o maior cuidade. Evita apenas voltar à mesa, de tal modo lhe é desagradável acertar o passo ao ritmo das saltarilhas. Fica pois ali, de pé, carregando o cachimbo com inútil lentidão — enquanto vai medindo a distância que o separa da mesa. Por fim, dominando a sua fraqueza, vai sentar-se, de passos tão martelados que nem ouve as bolas. Ai dele! Mal se senta, torna a ouvi-las atrás da cadeira.

Por cima da mesa há uma prateleira, suspensa da parede, ao alcance da mão: lá está a garrafa de Kirsch rodeada de copinhos. Ao lado, a pilha dos fascículos do jornal francês. Hoje, precisamente, chegou um novo número, que Préfleury retira da prateleira. Esquece por completo o Kirsch, aliás sabe muito bem que só se entrega a essas ocupações habituais por desfastio; e nem sequer lhe apetece muito ler. Contra o seu costume, que é folhear o periódico página a página, abre-o ao acaso e cai-lhe a vista sobre uma gravura que se põe a observar.

Representa o encontro, a bordo de um barco de guerra, do Czar e do Presidente da República Francesa. Por todos os lados, até à linha do horizonte, não se vêem senão navios cujos penachos de fumo se perdem num céu sem nuvens. A largos passos, o Czar e o Presidente acabam de avançar um para o outro, e apertam as mãos. Tanto atrás do Czar, como atrás do Presidente, vêem-se dois senhores; em contraste com a manifesta alegria do rosto dos dois chefes, os rostos destes parecem graves. O olhar das escoltas concentra-se nos seus respectivos soberanos. Em baixo, a cena passa-se visivelmente na ponte do navio. Em parte decepadas pela margem da gravura, longas fileiras de marujos aprumam-se em sentido. Préfleury contempla a gravura cada vez com mais interesse, afasta-se um pouco, piscando os olhos, depois torna a aproximá-la... Sempre apreciou muito cenas históricas. Que altas personagens se apertem mutuamente a mão com toda a espontaneidade, cordialidade e desenvoltura — eis o que se lhe afigura profundamente verdadeiro. E justo é que os seus séquitos, formados aliás por oficiais de alta patente, com os nomes impressos por baixo da gravura, sublinhem, com a sua atitude, a gravidade do momento histórico!

E, em vez de retirar do armário tudo de que precisa, Préfleury permanece imóvel na cadeira, contemplando o cachimbo que ainda não acendeu. É que está vigilante. De repente, muda de atitude e faz girar a cadeira. Mas as bolas também estão atentas, ou será que obedecem mecanicamente às leis que as regem? Por muito rápido que Préfleury tenha dado meia volta, também elas mudaram de lugar e se encontram atrás dele. E aí está o nosso homem sentado, de costas para a mesa, de cachimbo na mão — sempre por acender! As bolas, agora, saltam para debaixo da mesa, mas o tapete abafa o ruído. Grande vantagem! Ouve-se apenas um fraco rumor, meio abafado; para dar por ele seria preciso pormo-nos de ouvido à escuta. Mas Préfleury, que é todo ouvidos, esse, ouve-o distintamente! Só por momentos; aliás, mais um instante, e todo o ruído cessará com certeza. Que as bolas, mesmo em cima do tapete, apenas produzam som tão fraco, afigura-se-lhe indício de extrema fraqueza.

Com dois ou três tapetes empilhados reduzi-las-á mais completa impotência. De resto, seria por pouco tempo: o fato de elas ali continuarem só prova o seu poder.

Agora é que um cão seria precioso! Novo e petulante, depressa daria cabo delas. Préfleury visiona-o, procurando apanhá-las com as patas, enxotando-as, perseguindo-as pelos quatro cantos do quarto, para, finalmente, apanhá-las com os dentes. É bem possível que dentro de pouco se ponha à procura de um!

Entretanto, a ele unicamente compete fazer-se respeitar. De momento não lhe apetece nada destruí-las, mas talvez seja apenas sinal de falta de energia. Regressa a casa, à noite, cansado do trabalho, e é quando não pensa senão em descansar que lhe pregam uma partida daquelas! Só agora sente bem a fadiga do dia. Ah! Sim, há de acabar com elas mais depressa do que se julga. Mas não ato contínuo, com certeza, não pelo menos antes do dia seguinte!. Ao considerá-las, imparcialmente, as bolas conduzem-se, de resto, com relativa discrição. Podiam, por exemplo, uma vez, por outra, sair debaixo da mesa, e, depois de pularem até à cara de Préfleury, voltarem, tranqüilamente, para o seu lugar — ou então, para se desforrarem do pouco barulho que fazem por causa do tapete, saltarem mais alto, saltarem para cima da mesa, por exemplo! Não, não, não querem irritar inutilmente a sua vítima; é visível que se limitam rigorosamente ao mínimo.

Mas esse rigoroso mínimo chega para desgostar Préfleury de permanecer sentado à mesa. Só aí se demora alguns minutos. Pensa já em deitar-se. Uma das razões é não poder fumar ali, pois os fósforos estão em cima da mesinha de cabeceira. Era preciso ir buscá-los. Eis porque, uma vez aí, o melhor seria meter-se na cama. Mas tem, também, um pensamento reservado: na estúpida obstinação de se conservarem sempre atrás dele, as bolas saltarão, assim o espera, para cima da cama; e uma vez deitado, há de esmagá-las, mesmo sem querer! Não o aflige a idéia de que os bocados delas poderão continuar a saltar. O próprio maravilhoso tem limites. Bolas intactas saltam, mesmo que não continuamente. Pelo contrário, bocados de bolas não saltam — nem aqui nem alhures!

— De pé! — exclamou. Aquela reflexão deixara-o quase de bom humor; e, martelando o passo, dirige-se para a cama, sempre seguido. O que suspeitava, parece confirmar-se: como tem o cuidado de ficar ao lado da cama, eis que uma das bolas

salta logo para cima do colchão. Mas qualquer coisa imprevista sucede também: a outra mete-se debaixo da cama. Préfleury não imaginara que as bolas lhe pudessem saltar para debaixo da cama. Semelhante comportamento indigna-o, embora sinta que é injusto encolerizando-se: a que está debaixo da cama talvez represente ainda melhor o seu papel do que a que está em cima. Agora tudo depende do lugar por que as bolas vão decidir-se.
   Préflleury não crê que possam operar separadamente por muito tempo. Com efeito, em breve a bola que está debaixo da cama lhe salta para cima. "Agora agarro-as!" diz Préfleury de si para consigo. No auge da alegria, despe o roupão para se atirar para cima da cama. Mas eis que a mesma bola volta a saltar para debaixo da cama. Desapontado, Préfleury não pode mais. Naturalmente a bola queria apenas relancear a vista por ali, e o lugar desagradou-lhe. A outra, aliás, segue-a com certeza, sem intenção de voltar. Decididamente está-se melhor debaixo da cama! "Não é possível que vou ter este tamborilar toda a noite!" pensa Préfleury, mordendo os lábios e abanando a cabeça. Está preocupado: como há de ele saber o que as bolas lhe farão de desagradável durante a noite? Tem o sono pesado e com certeza se livrará do ligeiro barulho que fazem as bailarinas. Para ficar descansado, puxa dois tapetes para debaixo da cama, de acordo com a experiência feita, como quem se dá à ilusão de preparar para um cachorro um ninho acolhedor! Cansadas, ou talvez mortas de sono, as bolas saltam cada vez mais devagar. Ajoelhado, com o candeeiro na mão, para melhor ver o que se passa debaixo da cama Préfleury julga perceber que as bolas se vão imobilizando, pouco a pouco, em cima do tapete. Mas não, tornam a pular com ímpeto, como lhes é próprio. É possível, no entanto, que ao observá-las, na manhã seguinte, não encontre senão duas pequenas bolas de criança, inofensivas e imóveis.
   Seja como for, não parecem poder agir com atividade até de manhã. Assim que se deitou, Préfleury deixou de ouvi-las. Tenta, contudo, debruçado para fora dos lençóis, ver se ouve

alguma coisa, mas, por mais atento que esteja: silêncio, nenhum ruído! O recurso aos tapetes não pode ter sido tão radical. Há só uma explicação: ou elas deixaram de pular ou a moleza dos tapetes as não deixa tomar impulso para repetir o salto. Provisoriamente devem ter renunciado, ou então não saltam mais. Préfleury podia levantar-se e ver o que se passa, mas já se dá por muito feliz com aquela paz, enfim. Prefere continuar deitado. Nem de longe as quer ver, já que estão quietas. Renunciando de bom grado ao cachimbo, volta-se de lado e adormece. Mas o repouso não é sossego; como sempre, dorme sem sonhos, mas agitado. Vinte vezes acorda em sobressalto, convencido de que lhe batem à porta, embora saiba que ninguém o virá procurar. Quem irá, pela noite, bater à porta de um velho solteirão solitário? Mas por mais convencido que esteja de que assim é, não deixa de se sobressaltar lançando olhares febris em direção à porta, a boca aberta, os olhos arregalados e os cabelos em pé na testa úmida. Tenta contar as vezes que acordou, mas tão grande é esse número, que torna a adormecer. Julga perceber de onde vêm as pancadas; não da porta, de muito longe dali... Graças ao sono não lhe é possível, no entanto, isolar no espírito quais os motivos da sua hipótese. Sabe, no entanto, que uma série de horríveis pequenos choques se fundem para produzirem, finalmente, a grande pancada que o há de acordar. Daria de barato o suplício dos pequenos choques, caso pudesse evitar ouvir a grande pancada que virá no fim. Seja porque razão for, no entanto, parece-lhe tarde demais; já não pode intervir; a partida está perdida, não pode articular uma única palavra que seja. A boca não se lhe abre senão para um bocejo mudo e raivoso enterra o rosto na almofada. E assim passa a noite.

Pela manhã, acorda com a diarista a bater à porta. Com um suspiro de alívio congratula-se pelo leve barulho de que até aí sempre se queixara, pouco distinto que se lhe afigurava, e que sempre o irritara, por pouco audível. No momento de responder: "Entre!" ouve outro toc-toc, muito vivo, e embora fraco, belicoso, contudo, no sentido mais exato do termo. "Ah! As bolas!" pensa. Estarão acordadas? Terão elas, melhor do que ele, renovado as suas forças com o sono da noite?

— Espere um momento! — grita Préfleury à mulher, enquanto salta da cama, com prudência bastante para deixar as bolas atrás de si. Sempre sem se voltar, graças a uma simples torsão do pescoço, relanceia-lhes a vista. Que espetáculo! Como crianças que durante a noite tivessem arrancado de si os cobertores importunos, as bolas, de tanto pular, empurraram os tapetes, para não terem debaixo de si mais que o chão e a sua ressonância.

— Para cima do tapete! — grita-lhes, com voz severa, e só quando (graças ao tapete) o ruído deixa de se ouvir, grita à diarista que entre. Esta, grande matrona de expressão embrutecida, avança, de pernas perras como sempre, pousa o pequeno almoço na mesa, sem se dispensar de todos os gestos miúdos e dos necessários arranjos. Entretanto, Préfleury, de roupão, permanece imóvel junto à cama, para aí manter as bolas, de olhos fitos na empregada, para ter a certeza de que ela nada observou.

Surda como é, isso, aliás, é improvável — e Préfleury atribui à irritação provocada por uma noite quase em claro, o fato de chegar a desconfiar que a diarista tenha interrompido o seu serviço para, agarrada a um móvel qualquer, pôr-se-à escuta de olhos arregalados. Muito lhe agradaria vê-la despachar-se da sua tarefa, mas parece-lhe ainda mais lenta do que de costume. Vai, minuciosamente, empilhando nos braços a peças de roupa e as botas de Préfleury, antes de voltar ao corredor. Ausentar-se por algum tempo. A limpeza da roupa ouve-se, lá fora, espaçada e monótona. Entretanto Préfleury é obrigado a esperar em cima da cama. Incapaz de se mexer, sob a ameaça de ser seguido pelas bolas, vê-se obrigado a deixar arrefecer o café, de que tanto gosta a escaldar. Resta-lhe olhar para as cortinas das janelas corridas, atrás das quais se ergue mais um triste dia ... Enfim, a mulher terminou! Dá os bons dias e vai-se. Mas, antes de se afastar de vez, remexendo um pouco os lábios, lança um longo olhar ao patrão. Só depois decide sair.

Ah! Como ele desejaria arrombar a porta e chamar-lhe imbecil! Mas, no fundo, que tem ele a censurar-lhe? Pensando bem, está a ser ilógico e contraditório, ela não notou nada, com certeza, mesmo que parecesse dar essa impressão! Que confusos os seus pensamentos! E tudo por causa de uma noite mal passada! E, para explicar esse sono perturbado, descobre que, privado do cachimbo e do copito, alterou na véspera à noite todos os seus hábitos. "Quando tenho a infelicidade (é este o resultado da sua meditação) de me privar de Kirsch e de tabaco, posso estar certo de que não durmo!"

Procurará vigiar melhor a sua saúde, e vai já entrar em ação enfiando nos ouvidos dois tampões de algodão da farmácia doméstica que está por cima da mesinha de cabeceira. Depois levanta-se e dá uns passos. Imediatamente as bolas o seguem, embora quase as não ouça. Mais um pouco de algodão, e deixará de ouvi-las. Mais uns passos, e nada acontece de especial. Cada qual vive agora para si, ele e as bolas. Embora ligados uns aos outros, não se incomodam mutuamente, a não ser quando, uma vez, ao voltar-se de súbito, uma das bolas, que não pôde executar a tempo a sua pirueta, lhe bateu contra o joelho. Foi o único incidente. Quanto ao mais, Préfleury bebe em sossego o seu café, mas com tanta fome como se tivesse caminhado toda a noite. Lava-se em água fria, água tonificante, e veste-se. Ainda não puxou as cortinas, preferindo, à cautela, permanecer na penumbra, e deixando as bolas ao abrigo de olhares indiscretos. Mas agora, prestes a partir, sente-se obrigado a decidir qualquer coisa... E se as bolas o fossem seguir na rua? Não lhe parece que isso aconteça, mas, de qualquer modo, é preciso evitá-lo. Que boa idéia lhe vem à cabeça! Abre, de par em par as portas do guarda-roupa, sugerindo que vai entrar nele, de costas. As bolas, porém, na intuição do que se está a tramar contra elas, não lhe saltam para dentro. Utilizam o mínimo intervalo, entre Préfleury e o armário, penetram mesmo lá dentro, durante momentos, visto não haver outra coisa a fazer, mas logo fogem para longe da escuridão. Préfleury não consegue fazê-las ultrapassar o rebordo do armário; as bolas preferem não cumprir o seu dever, ficando a seu lado. Mas as suas manhazinhas serão vãs. Préfleury decide penetrar no armário, e que remédio senão segui-lo? As bolas selam assim o seu destino; com efeito, no fundo do armário há de tudo : botas, caixas, estojos, que por muito bem arrumados que estejam impedem o jogo das bolas. De um salto, o maior que ousa de há muitos anos para cá, Préfleury que, entretanto, por pouco, fechava a porta do armário, vê-se cá fora, empurra a porta e dá a volta à chave. Pronto, as bolas estão fechadas. "Finalmente!" suspira, enxugando a testa. O que lá vai dentro! Parecem possessas. Préfleury, esse, está encantado; sai do quarto e até a vista do corredor deserto o reconforta. Destapa os ouvidos e os mil ruídos da casa, que desperta, enchem-no de bem estar .

Pouca gente na escada; ainda é muito cedo.

Em baixo, ao fundo do corredor, diante da portinha que dá acesso ao porão da empregada, está um rapazinho de dez anos, filho desta. O retrato chapado da mãe! Tudo que é feio no rosto da velha se reproduz no da criança! De mãos nas algibeiras, empertiga-se, nas suas pernas tortas, funga e arqueja, pois já tem bócio e sufoca a cada inspiração. Ao vê-lo, Préfleury costuma apressar o passo para se eximir à horrível aparição. Mas hoje quase lhe apetece parar . Mesmo dado à luz por aquela mulher e com todos os estigmas da sua origem, sempre é uma criança; naquela cabeça informe, mesmo assim, se agitam pensamentos de criança. Abordado calmamente e interrogado como devia ser, responderia, de certo, em voz clara, ao mesmo tempo com inocência e respeito e, sem grande esforço, talvez se lhe pudesse acariciar a face. Eis o pensamento que atravessa o espírito de Préfleury. No entanto passa por ele sem parar. Uma vez na rua, nota que o tempo está mais desagradável do que julgara ainda no quarto. A bruma matinal dissipa-se e grandes clareiras se abrem no céu azul, varridas pelo vento. Préfleury está profundamente reconhecido às bolas, que o obrigam a abandonar o quarto mais cedo do que o costume; nem se lembrou de abrir o jornal que deixara em cima da mesa. Seja como for, ganhou muito tempo, e não tem que se apressar. Surpreende-o não pensar nas bolas senão com tranqüilidade, desde que se separou delas. Enquanto elas estivessem atrás dele, podiam ser tomadas como fazendo parte dele próprio, qualquer coisa que era preciso ter em conta para o julgarem, mas agora não passam de um brinquedo no fundo de um armário. E Préfleury dá por si a pensar que o melhor meio de as desarmar seria restituí-las ao seu primitivo destino. O filho diarista lá está ainda no corredor, e Préfleury decide dar-lhas, não emprestar-lhas, dar-lhas como presente, que o mesmo é dizer acabar com elas. Se porventura sobreviverem, serão ainda mais inofensivas nas mãos dessa criança do que fechadas no armário. Toda a casa o verá brincar com elas, outras crianças se juntarão a ele, e a idéia, irrefutável, de que se trata de um brinquedo, não de uma escolha imposta para sempre ao infeliz Préfleury, generalizar-se-á. Volta atrás, em passo rápido. O garoto desceu a escada do porão e abre a porta lá em baixo.

Préfleury precisa de chamá-lo, pelo nome de batismo, ainda por cima, nome ridículo como tudo o que lhe diz respeito.

— Alfredo, Alfredo! — o garoto hesita alguns instantes.
— Chega aqui! Ouviste? Tenho uma coisa para te dar!

As duas garotas do porteiro saíram da porta em frente e, curiosas como pegas, vão postar-se de cada lado de Préfleury. São muito mais vivas do que Alfredo e a lentidão deste, primeiro que se aproxime, é-lhes incompreensível. Fazem-lhe sinais, sem tirarem os olhos de Préfleury, incapazes de adivinhar a espécie de presente que este daria ao Alfredo. Mortas de curiosidade, saltam, ora num pé ora noutro. Préfleury não pode deixar de rir e tanto o divertem elas como o garoto.

Alfredo parece compreender, por fim, o que esperam dele e põe-se a subir a escada, pesadamente, no seu ritmo desajeitado. Até no andar é a mãe por uma pena, a qual, de resto, aparece à porta do porão. De propósito, Préfleury grita com força para que ela ouça também e, em caso de necessidade, o ajude a levar a cabo o seu projeto.

— Tenho lá em cima, no meu quarto, duas bolas muito bonitas. Dou-tas!

O garoto contenta-se em torcer a boca, sem saber que fazer. Volta-se e lança à mãe, parada no fundo da escada, olhares desesperados. Mas as garotinhas saltam já à roda de Préfleury, pedindo-lhe as bolas.

— Vocês também podem brincar com elas! — diz-lhes ele, enquanto aguarda a resposta do rapaz.

Podia muito bem dar-lhes as bolas imediatamente, mas parecem-lhe muito estouvadas e de momento tem mais confiança no rapaz. Este último, entretanto, sem dizer palavra, procura o conselho da mãe. A uma nova pergunta de Préfleury, concorda, acenando com a cabeça.

— Ouve! presta muita atenção! — diz Préfleury, a quem não desagrada a idéia de que lhe não agradecerão o presente. — A tua mãe terá a chave do meu quarto, pede-lha. Entretanto, aqui tens a chave do armário onde estão as bolas. Mas torna a fechar cuidadosamente o armário e a porta do quarto! Podes fazer o que quiseres delas, menos restituir-mas, bem entendido! Compreendeste?

Ai dele! O rapaz não compreendeu absolutamente nada! Préfleury deu explicações demais àquele ser tacanho e estúpido. Insistiu demasiado, falou muito, ora da chave, ora do quarto, ora do armário. O rapaz arregala os olhos, vê nele mais o Diabo do que um benfeitor. As meninas, essas compreenderam logo, e agitam-se eram torno de Préfleury, de mão estendida para a chave.

— Esperem, bom! — exclama. Começa a irritar-se com aquilo.

Aliás, o tempo urge. Préfleury não pode perder mais tempo. Se ao menos a mulher se decidisse a dizer que compreendera e que trataria do caso! Mas longe disso! Continua encostada à porta, e sorri, pretensiosamente, à maneira dos surdos envergonhados. Naturalmente, pensa que, num acesso de entusiasmo pelo seu rebento, Préfleury lhe manda recitar a tabuada! Mas o certo é que ele não pode descer a escada do porão e gritar ao ouvido daquela surda que faça com que o filho o liberte das bolas! Já não era pouco confiar um dia inteiro a chave do guarda-roupa àquela família! Se oferece a chave ao garoto em vez de o conduzir ele próprio até ao sexto andar, entregando-lhe as bolas, não é para evitar subir a escada, não. Não pode ir lá acima dar-lhe as bolas para logo lhas tirar, como é de prever, uma vez que elas virão atrás dele.

— Então, ainda não me compreendeste? — pergunta Préfleury quase numa súplica, após tentar nova explicação, que é levado a interromper, perante o olhar inexpressivo da criança.

Semelhante olhar desarma, a menos que nos arraste a dizer-lhe mais do que queríamos, na esperança de preenchermos o vazio daquele pobre cérebro.

— Nós vamos buscar-lhe as bolas! — gritam as garotinhas.

Espertalhonas, as pequenas! Compreenderam muito bem que só podiam obter as bolas por intermédio do rapaz e portanto que por aí deviam principiar. Na casa da porteira um relógio dá horas, como a avisar Préfleury de que não pode perder tempo.

— Bem, então tomem vocês a chave! Arrancam-lha das mãos. Ah! teria preferido muito mais entregá-la ao rapaz!

— A chave do quarto, essa, peçam-na ali em baixo, à mãe dele — acrescenta. — E depois, quando já tiverem as bolas convosco, entreguem-lhe as duas chaves!

— Pois sim! pois sim! — gritam as pequenas, pela escada abaixo, num atropelo.

Elas sabem tudo, absolutamente tudo, e, como que contaminado pelo insondável estupidez do garoto, Préfleury não consegue compreender a rapidez com que aprenderam as suas explicações.

No fundo da escada, puxam a mulher pela saia. Mas Préfleury, por mais que quisesse, não poderia esperar mais tempo. Tem de desistir de saber como cumprirão elas as ordens. É tarde, com efeito; e, aliás, não lhe apetece muito assistir à chegada das bolas. Prefere estar longe, no instante em que as garotas abrirem lá em cima a porta do quarto. Só Deus sabe as partidas que aquelas bolas serão capazes de lhe pregar ainda!

Ei-lo que se afasta de casa, pela segunda vez. Ainda teve tempo de ver de relance a diarista fazendo frente, com decisão, ao assalto das duas garotas e o garoto a correr, com as suas pernas tortas, em auxílio da mãe. Não chega a compreender como podem existir — e reproduzir-se — mulheres assim.

Ao dirigir-se ao armazém de roupas interiores onde é empregado, as ocupações fazem-lhe esquecer tudo o mais.

Estuga o passo e, apesar do atraso por causa do garoto, ainda é o primeiro a chegar ao escritório.

O escritório é um compartimento envidraçado, com a sua mesa de trabalho e duas escrivaninhas altas, para os estagiários. Embora as duas escrivaninhas sejam tão pequenas como as de uma escola infantil, não sobra lugar no escritório; se os estagiários se sentassem, deixaria de haver lugar para a cadeira de Préfleury .Estão, portanto, condenados a permanecerem sempre de pé, diante das suas escrivaninhas. Posição das mais incômodas e que torna ainda mais difícil a vigilância de Préfleury .Acontece muitas vezes debruçarem-se aplicadamente sobre as escrivaninhas, mas não para trabalhar, apenas para segredarem entre si ou até para dormitarem. Só dão cuidados a Préfleury, e mal o ajudam no grosso do trabalho que lhe é imposto e que consiste em vigiar ao mesmo tempo a troca de mercadorias e o pagamento às costureiras a domicílio, encarregadas pela casa da confecção de artigos de luxo.

Para se avaliar com equidade o trabalho de Préfleury seria preciso estarmos ao corrente da situação geral de toda a empresa. Após a morte do seu superior imediato, contudo, ninguém mais tem essa competência e é por isso que Préfleury nega seja a quem for o direito de lhe avaliar o trabalho. Bem entendido, o patrão, um tal Ottomar, subestima-o manifestamente. É certo reconhecer os méritos que ao cabo de vinte anos de dedicados e leais serviços Préfleury adquiriu naquela casa, graças à sua fidelidade, e reconhece-os, não só porque é preciso reconhecê-los, mas porque vê em Préfleury um empregado fora do vulgar, um homem de confiança. Não obstante, subestima o trabalho que ele fornece, convencido como está de que esse trabalho pode organizar-se de modo mais simples, isto é, de maneira mais vantajosa, em todos os sentidos. Corre, e não deixa de ser verdade, que, se Ottomar aparece tão raramente junto de Préfleury, é apenas para se poupar à contrariedade que lhe causam os métodos do seu velho empregado. Este alheamento é aborrecido, mas não há nada a fazer. Como obrigar Ottomar a passar um mês seguido a observar-lhe o serviço e a estudar as complicadas fórmulas que Préfleury, ao cabo de um trabalho esmagador, consegue aplicar, aquilo a que ele chama os seus melhores métodos, acabando por se convencer, caso contrário, de um desmoronamento inevitável e de que Préfleury tinha razão? Assim, pois, sem deixar-se intimidar, Préfleury continua corajosamente encarregado do seu longo e duro labor . ·

No entanto, algum medo sente, quando, após um longo intervalo, Ottomar se arrisca a entrar na repartição. Esboça, então, levado pelo louvável sentimento do dever, próprio de um subordinado, uma vaga tentativa de explicação a respeito deste ou daquele arranjo no seu serviço. Ao que o patrão, sem o fitar, distraído, anui, passando a outro serviço. Préfleury, de resto, sofre menos com esta ignorância do patrão do que com a idéia de que, se tivesse de abandonar o seu posto, a barafunda seria inevitável e ninguém mais se entenderia. Quem, senhores, quem é que naquela casa estaria à altura de o substituir, quem é que poderia vencer as graves dificuldades resultantes da sua partida? Se o diretor subestima um empregado, os colegas, bem entendido, medi-lo-ão e apreciá-lo-ão pela mesma bitola. E é de ver quem caluniará mais o trabalho de Préfleury, todos de acordo em que nada se aprende no seu serviço. Se aparecem novos empregados, nenhum pede para lhe ficar adjunto. Daí que faltem forças novas a esse serviço. Quando Préfleury, até então apto para tudo, com o auxílio de um único rapaz, reclamou um auxiliar, para o obter foi preciso batalhar semanas. Quase todos os dias Préfleury entrava no escritório do diretor para explicar, em pormenor, e objetivamente, as razões que tornavam necessária a presença de um auxiliar a seu lado.

Não que ele próprio quisesse poupar-se a trabalhos. Longe disso! Fazia mais do que a sua obrigação, era certo, e sem se esquivar!

Que o senhor diretor pensasse só no desenvolvimento da empresa ao longo dos anos: todos os serviços tinham sido aumentados, com exceção do seu, sempre esquecido, quando o trabalho não cessara de crescer! Quando Préfleury entrara para a casa — naturalmente o senhor diretor não se lembrava! — havia apenas umas quinze costureiras... e agora, umas cinqüenta ou sessenta! Semelhante tarefa exige muita mão de obra! Préfleury podia assegurar que empregava todas as suas forças nessa tarefa, mas ser-lhe-ia impossível, daí para o futuro, dar conta de tudo sozinho. Realmente, Ottomar nunca lhe dissera que não (coisa impossível a um antigo empregado), mas a maneira como o ouvira, distraidamente, falando com outros e como quem o ignora a ele e à sua petição, não sem formular vagas promessas — pronto a tudo esquecer no dia seguinte — isso é que era ultrajante.

Não para Préfleury. Préfleury não é um sonhador! Por muito preciosas que lhe fossem as honrarias e por mais agradável que lhe fosse ver reconhecidos os seus méritos, Préfleury dispensa tudo isso! De qualquer maneira, é ele quem tem razão, e a razão acabará por triunfar um dia, ainda que não seja no dia seguinte. Mesmo assim, Préfleury conseguiu obter não um, mas dois auxiliares! Ai dele! Que auxiliares! A crer em

Ottomar, não havia maneira de testemunhar com mais clareza o desdém que sentia pelo serviço de Préfleury do que proporcionando-lhos. Talvez até Ottomar o tivesse feito esperar tanto tempo no intuito de lhe arranjar semelhante parelha, o que, evidentemente, não fora coisa fácil. Agora Préfleury já não tinha nenhum pretexto para reclamar. Não recebera ele dois estagiários, quando só pedira um? Ah! a astuciosa manobra! Bem entendido, Préfleury persistia em queixar-se, mas só porque fora literalmente levado contra a parede e não na esperança de um auxílio eficaz. Aliás, ele não se queixava expressamente, mas só de passagem, uma vez por outra, quando vinha a propósito.

Apesar disso, não tardou a circular o boato, por entre os malévolos colegas, de que alguém perguntou a Ottomar como era possível Préfleury queixar-se ainda depois de ter recebido auxílio tão excepcional. Ao que Ottomar teria respondido ser essa realmente a verdade, que Préfleury continuava a queixar-se, mas com razão! O próprio Ottomar acabara por verificá-lo e estava disposto a colocar junto do seu empregado tantos auxiliares quantas as costureiras que trabalhavam para a casa, ou seja, aproximadamente, seis dezenas! Se isso não bastasse, arranjaria mais, até que ficasse completo o manicômio em que tendia a tornar-se, nos últimos anos, o serviço de Préfleury!

Se esta maneira de dizer era, de fato, no estilo de Ottomar (Préfleury assim parecia convencido), o certo era que ele estava longe de se ter servido dessas palavras. Eram tudo invenções dos preguiçosos do primeiro andar! Préfleury nunca lá punha os pés — quem lhe dera agir do mesmo modo para com os seus dois assistentes! Mas a esses, tinha-os sempre diante, enraizados no chão! Dois garotos enfezados e pálidos! A certidão de idade dava-os com catorze anos, mas quem o diria?

Junto das saias da mãe é que deviam estar, não como praticantes de escriturário... Não tinham compostura nenhuma, principalmente nos primeiros tempos; muitas horas de pé, esgotava-os.

145

Se se afrouxava a vigilância, logo se deixavam ficar prostrados, para um canto, tão pouca energia tinham. Préfleury procurava fazer-lhes compreender que ficariam toda a vida uns enfermiços, se assim continuassem. Encarregá-los do mais pequeno recado, era uma imprudência; uma vez, um deles, a quem se pedira que levasse um pequeno objeto ali mesmo ao lado, precipitara-se com tanta presteza que se magoara no joelho contra a escrivaninha. O compartimento estava nessa altura cheio de operárias; a escrivaninha cheia de mercadoria mas Préfleury tivera de abandonar tudo para mandar fazer um penso ao rapaz, que choramingava. Porém toda essa presteza era apenas exterior.

Verdadeiras crianças, que eram, dava-lhes às vezes para se fazerem notar, e a maior parte do, tempo só ambicionavam esquivar-se à vigilância do chefe e pregar-lhe partidas. Certo dia, num momento de muito trabalho, Préfleury, todo ele suor, passara, apressado, junto deles e surpreendera-os entretidos a trocar selos por detrás de uns pacotes. Teve vontade de os desancar! Que outro castigo mereciam, realmente, com semelhante comportamento?

Mas eram apenas umas crianças e o nosso homem não podia permitir-se bater em crianças! Por isso lá os ia suportando. Ao reclamar um estagiário, esperava uma certa assistência nas horas em que a distribuição do trabalho lhe exigia maior esforço e vigilância. Imaginara-se de pé, atrás da secretária, no meio do gabinete, dirigindo o conjunto das operações, notando as entradas e as saídas das mercadorias, enquanto, a um simples sinal seu, os estagiários acorreriam aqui e ali, procedendo à distribuição do trabalho. Supusera que a sua vigilância, minuciosa embora mas insuficiente em tais momentos de afluência, viria a ser secundada pelos estagiários que, a pouco e pouco, adquiririam experiência e iniciativa, acabando por saber distinguir por si próprios a espécie de matéria-prima de que as costureiras precisavam, e o grau de confiança que cada uma delas merecia. Vãs ilusões! Acabara por compreender que nem sequer devia deixar aquelas crianças conversar com as operárias. De princípio, os rapazes não tinham querido, ou não tinham ousado dirigir-se a algumas delas, quando era certo outros terem as suas preferências, correndo logo à porta do escritório para recebê-las. Estas levavam tudo quanto queriam, confiavam-lhes as coisas às escondidas, mesmo as coisas a que elas tinham direito, ou, então, colecionavam, para as preferidas, bocados de tecido, que guardavam numa prateleira devoluta, restos sem valor, é certo, ou bagatelas, por vezes ainda com préstimo, que agitavam, mal elas apareciam, radiantes, por detrás das costas do chefe. Em troca, elas metiam-lhes bombons na boca.

Préfleury, entretanto, não se demorou a pôr ponto final a todos esses abusos. Quando as costureiras chegavam, empurrava os aprendizes para trás da porta de vidro. Estes consideraram por muito tempo o processo injustificável, amuavam, partiam os aparos e as canetas de propósito, mas sem ousarem levantar a cabeça, contra a vidraça, para chamarem a atenção das costureiras, e tomá-las como testemunhas das sevícias de que se julgavam vítimas.

Mas, das suas próprias faltas, não sabiam eles dar-se conta. Por exemplo, chegavam sempre atrasados. Préfleury, patrão deles, que desde muito novinho se impusera a si mesmo o dever de chegar sempre pelo menos meia hora antes da abertura dos escritórios — não por excesso de zelo ou escrúpulos exagerados, coitado, mas apenas porque assim devia ser — às vezes ele, Préfleury, tem de esperar por eles uma hora e mais! Em geral, a cena passa-se assim: ali, no compartimento, por detrás da secretária, comendo o seu croissant, enquanto põe em dia os cadernos de contas das operárias, e já inteiramente absorvido pelo trabalho, lá está ele, quando, de repente, é arrancado à sua tarefa de modo tão brutal que a caneta lhe fica a tremer na mão por muito tempo: um dos estagiários entrou num pé de vento! Dir-se-ia pronto a desmaiar... Com uma das mãos, agarra-se a qualquer, coisa, com a outra comprime o peito arquejante... E toda aquela mímica tem apenas em vista desculpar-se do atraso. Tão grotesco é tudo aquilo que Préfleury finge não dar por nada. Caso contrário teria de bater no intruso, como ele merece! Limita-se a fitá-lo por momentos, a mão a apontar-lhe o seu lugar, e de novo mergulha no trabalho. Nada mais natural que, dada a bondade do chefe, o rapaz se desse pressa em tomar o seu lugar. Mas não! Saltita em bicos de pés, colocando, afetadamente, um pé diante do outro. Uma troça?

Nem isso! Tudo aquilo é apenas mistura de medo e insuficiência, qualquer coisa que nos desarma! Caso contrário, como poderiam eles chegar, tranqüilamente de braço dado, hoje, precisamente, que Prefleury veio tão atrasado? Não lhe apetecendo verificar os cadernos das costureiras, só depois de muito esperar descobre os empregados, enfim, na rua, através das nuvens de poeira que o servente, desajeitado, levanta com a vassoura. Dir-se-ia que confiam um ao outro importantes segredos, cuja única relação com o escritório é nada terem que ver com ele. À medida que se aproximam da porta envidraçada, os passos dos rapazes afrouxam. Por fim, deitam a mão ao puxador, sem lhe dar volta. Naturalmente ainda não acabaram as confidências e risos!

— Abra lá a Suas Excelências, os Estagiários! — grita Préfleury ao servente, estendendo o braço.

Assim que eles entram, porém, a ira esvai-se-lhe. Renuncia a zangar-se, finge não dar pelos bons dias que eles lhe dão e vai sentar-se à escrivaninha.

Retoma as contas, enquanto lhes lança uma olhadela, de vez em quando.

Um deles parece muito cansado, esfrega os olhos, e, depois de pendurar o casaco, aproveita para se encostar um momento à parede.

É certo que na rua parecia muito bem disposto! Bastou a aproximação do trabalho para o fatigar. Em compensação o outro tem vontade de trabalhar, mas só no que lhe agrada. Há muito tempo que sonha varrer a sala. Ora, não é tarefa que lhe caiba; para isso lá está o servente. Préfleury não teria, no fundo, nada a objetar, o estagiário podia muito bem varrer, não varreria pior que o servente. Mas, se o Excelentíssimo Senhor quer varrer, tem de chegar mais cedo, antes de o varredor oficial começar o trabalho. De forma nenhuma pode consagrar a isso o tempo que deve dedicar ao trabalho de escritório. Porém se o rapaz não é permeável a qualquer espécie de argumentação, ao menos o servente, velho meio cego que o diretor não toleraria em nenhum outro serviço a não ser no de Préfleury, pobre homem cuja vida é apenas graça de Deus e do patrão, — ao menos esse podia ser conciliador e ceder, por instantes, a vassoura ao candidato que a devora com os olhos, inexperiente como é. Este último não tardaria a perder qualquer veleidade de varredor de vassoura em punho atrás do titular, suplicando-lhe que, a retomasse. Mas o servente parece ter em alta conta as suas responsabilidades de varredor. Com efeito, mal o estagiário se aproxima, logo ele se agarra ao cabo, de mãos trêmulas, fincadas. Prefere não fazer mais nada, a renunciar à sua tarefa, disposto a defender a vassoura com unhas e dentes. O estagiário, sem dizer palavra, receoso de Préfleury, que parece completamente entregue às suas contas, implora-lhe essa mercê. Aliás, falar não serviria de nada, pois o encarregado é surdo como uma porta. Mudando de tática, o maroto põe-se a puxar-lhe, sobrepticio, pela manga do casaco. O varredor, que sabe o que ele quer, olha-lhe para a mão com ar sombrio e abana a cabeça, apertando a vassoura ao peito. O suplicante junta então as mãos e cai de joelhos. Não tem a menor esperança de ver a sua súplica deferida, mas a atitude diverte-o. O segundo estagiário acompanha a cena com um leve sorriso, esperançado, contra toda a lógica, de que Préfleury não desconfie de nada. A atitude implorativa não impressiona, porém, o suplicado, o qual se volta, disposto a continuar com o trabalho. Mas o outro, que o seguiu, saltitando, em bicos de pés, torcendo as mãos, suplica-o, agora do lado oposto. O velho dá meia-volta — e a manobra repete-se várias vezes. Por fim, o velho, vendo-se cercado, verifica o que, com um pouco mais de discernimento, já podia ter verificado há muito, isto é, que acabaria cansado mais cedo do que o seu perseguidor. Ei-lo, pois, pedindo auxílio, ameaçando o inimigo com o dedo, apontado para Préfleury, a quem irá queixar-se, se aquilo continuar. O outro, ciente de que, se ainda quiser apoderar-se da vassoura, tem de agir depressa, estende ousadamente a mão para ela. Com um grito involuntário, o segundo estagiário anuncia que o desfecho está próximo. Desta vez ainda o servente salva a vassoura com um passo à retaguarda e segurando-a bem. Mas o outro não cede, salta de boca aberta, olhar relampejante. O varredor foge, embora as pernas lhe tremam mais do que correm. E o rapaz, ao puxar a vassoura... não podendo agarrar o cabo, consegue todavia fazê-lo cair, e arranca-a ao defensor. Vitória baldada. Todos três estão hirtos... Préfleury vai descobrir tudo. Efetivamente, como se acabasse de ser avisado, espreita pelo *guichet,* e fita-os, um a um, com um olhar inquisidor e severo. A própria vassoura, por terra, não lhe escapa ao olhar. Mas, ou porque o silêncio se prolonga demasiado, ou porque o culpado não consegue reprimir o seu ímpeto de varrer, o certo é que se baixa, prudentemente, aliás, como se fosse apanhar um animal, não uma vassoura, agarra no objeto com que aflora o chão, mas logo o rejeita e o larga com um gesto medroso. Préfleury emerge do seu recanto:

— Ambos ao trabalho! E sem saírem dos seus lugares! — grita, com a mão estendida, apontando aos rapazes as respectivas escrivaninhas.

Obedecem, ato contínuo. Com ar lastimoso e vendido, passam diante dele, bamboleando-se e fitando-o nos olhos, como a impedi-lo de lhes bater. Por experiência deveriam saber, porém, que Préfleury nunca bate. Mas, como são muito medrosos, procuram sempre sem o menor tato, salvaguardar os seus direitos, ou o que julgam os seus direitos.

O Mundo Citadino

Oscar M., estudante já de certa idade, — seus olhos metiam medo, olhados de perto — estacou, certa tarde de inverno, numa praça vazia, em pleno nevão, metido no seu casaco invernoso, bem abotoado sobre as suas roupas invernosas, cachecol em roda do pescoço, e barrete de pele na cabeça. Piscava os olhos, cismático. Tão mergulhado ia nos seus pensamentos, que se desbarretou e coçou a cara com a pele frizada do barrete. Por fim, tendo chegado, ao que parecia, a uma conclusão, deu uns passos de valsa para tomar o caminho de regresso.

Ao abrir a porta do quarto onde geralmente se encontravam os seus, viu o pai, homem calvo, de rosto pesado e cheio, sentado diante de uma mesa vazia, de costas para a porta.

— Enfim! — exclamou este, mal Oscar assomava no limiar do quarto, — peço-te que não passes aí da porta; estou tão furioso contigo que receio não me dominar.

— Mas, pai, — articulou Oscar; e só na altura de falar se lembrou de como havia corrido.

— Cala-te! — gritou o pai, levantando-se, e a janela desapareceu atrás dele; — ordeno que te cales. E deixa-te de "mas", percebes? — Ao mesmo tempo, pegando na mesa com ambas as mãos, avança direito a Oscar. — Não tolero por mais tempo a tua vida de devasso. Sou um velho. Julguei que serias a consolação da minha velhice, e afinal és pior do que todas as minhas doenças. Que vergonha um filho que arrasta o pai ao túmulo com a sua preguiça, a sua dissipação, a sua maldade, e também (porque não dizê-lo francamente) a sua estupidez!

— Aqui, o pai calou-se, mas o rosto agitava-se-lhe, como se continuasse a falar.

— Querido pai, — disse Oscar, aproximando-se, prudentemente, da mesa, — acalma-te, tudo acabará por se arranjar. Hoje veio-me uma idéia que fará de mim um homem ativo, tal como desejavas.

— Mas de que modo? — perguntou o pai. O olhar fixou-se-lhe a um canto do quarto.

— Peço-te, simplesmente, que tenhas confiança em mim. Explicar-te-ei tudo durante o jantar. No meu íntimo fui sempre um bom filho, mas sentia-me tão desconsolado com o fato de não ser capaz de to fazer compreender que, não podendo dar-te alegria, preferia despertar a tua cólera. Por agora, deixa-me passear um bocado, para que as minhas idéias se arrumem com mais clareza.

O pai, que começava a estar atento, e se sentara na borda da mesa, levantou-se:

— Não creio que tenha muito senso o que acabas de dizer. Tudo isso me parecem balelas. Mas, enfim, és meu filho. Volta para casa a horas; jantamos, e depois me dirás o que se te oferece.

—Essa pequena prova de confiança me bastará; fico-te reconhecido do fundo da alma. Não se vê no meu olhar que estou inteiramente absorvido por uma coisa séria?

—De momento não vejo nada, — tornou-lhe o pai. — Mas também pode ser culpa minha, pois até perdi o hábito de olhar para ti. — Enquanto falava, ia dando, sobre a mesa, pequenas pancadas regulares, como a recordar que o tempo passava. — O mais importante, Oscar, é que já não tenho confiança em ti. E se te trato mal (tratei-te mal quando chegaste, não tratei?) não é na esperança de que isso concorra para te emendar, é, apenas, pensando na tua pobre mãe que, se ainda não sofre por tua causa, vai arruinando a sua saúde com os esforços que faz para não sofrer. Julga ela prestar-te, assim, algum auxílio. Mas, no fim de contas, tu sabes muito bem tudo isto, e, se me não tivesses provocado com as tuas promessas, teria evitado recordar-to, quanto mais não fosse por mim próprio.

Enquanto ele assim falava, entrou a criada:; que vinha avivar o fogo. Mal ela saiu, Oscar , exclamou:

— Mas, pai! Eu não esperava isso! Se eu tivesse tido, digamos, apenas só uma idéia, uma pequena idéia para a minha tese, que dorme há já dez anos no armário, tão necessitada de idéias como nós de sal, era possível, embora pouco provável, que voltasse do passeio, como hoje, a correr, e que talvez exclamasse: "Pai, veio-me, por sorte, esta ou aquela idéia". E se tu, com a tua voz venerável, então, me tivesses lançado em rosto as recriminações que acabas de fazer, a minha idéia pronto transformar-se-ia em fumo, e eu teria sido obrigado a bater em retirada, a coberto de uma desculpa qualquer, ou até sem desculpa nenhuma. Mas, agora, dá-se exatamente o contrário! Tudo o que tu dizes contra mim serve as minhas idéias, que não ficam por aqui. Fortificando-se, me enchem a cabeça. Vou-me embora, pois não posso arrumá-las senão na solidão. — E retinha a respiração, ofegante, naquele quarto aquecido.

— Bem pode ser que o que tens na cabeça não passe de mais uma velhacaria — disse o pai, abrindo muito os olhos.

— Nesse caso, não me custa a crer que estejas bem apegado a isso. Se alguma coisa boa tivesse surgido em ti, logo te abandonaria. Conheço-te bem.

Oscar voltou a cabeça, como se o tivessem agarrado pela gola do casaco.

— Agora deixa-me. Importunas-me, provocas-me mais do que é justo. A possibilidade de predizer corretamente o meu futuro não deveria incitar-te a perturbar-me nas minhas boas intenções. O meu passado dá-te, talvez, esse direito, mas não devias aproveitar-te do fato.

— Ora aí está qualquer coisa que mostra, melhor que tudo, ser grande a tua incerteza, para te obrigar a semelhante discurso.

— Nada me obriga a isso — replica Oscar, e um arrepio lhe perpassou pela nuca. E de tal modo se aproximou da mesa, que já não era fácil dizer a quem ela pertencia mais. — O que disse, disse-o por respeito e até por amor de ti, como não deixarás de o reconhecer mais tarde. Pois é a minha consideração por ti e pela mãezinha que mais pesa nas minhas decisões.

— Então, devo agradecer-te desde já, pois é, pouco provável que tua mãe ou eu o possamos fazer no momento oportuno.

— Por favor, pai, peço-te que deixes dormir, o futuro como ele merece. Se o acordamos antes de tempo, é um presente estremunhado que nos cabe em sorte. Mas que tenha de ser o teu próprio filho a dizer-to. Aliás, não era ainda intenção minha convencer-te. Queria apenas anunciar-te a novidade. E tens de concordar: nisso, ao menos, fui bem sucedido.

— No fundo, Oscar, há só uma coisa que ainda me pode surpreender: porque é que não vieste ter comigo mais vezes com projetos desse gênero? É uma coisa que diz tão bem contigo. Não, asseguro-te, estou a falar a sério.

— Bem, mas se o tivesse feito, não me terias descomposto em vez de me escutares? Vim a correr, sabe Deus como, na pressa de te dar uma alegria. Mas não posso revelar-te nada enquanto não tiver apurado devidamente o meu plano. Porque me castigas pela minha boa intenção e me pedes explicações que, mesmo agora, ainda podem prejudicar a execução do meu projeto?

— Cala-te, não quero saber nada. Mas, como te aproximas da porta e, pelo que vejo, tens qualquer coisa muito importante a fazer, preciso responder-te depressa: graças às tuas artes de prestidigitação, acalmaste o primeiro embate da minha cólera, e agora estou apenas ainda mais triste do que antes. Por isso te suplico — e, se insistires, sou capaz de to pedir de mãos postas — ao menos não fales das tuas idéias à mãe!

— Mas não é o meu pai quem fala! — exclamou Oscar, com a mão já apoiada no puxador da porta. — Aconteceu-te alguma coisa desde manhã ou então és um estranho que encontro pela primeira vez no quarto de meu pai. O meu verdadeiro pai — Oscar calou-se, por momentos, de boca aberta — o meu verdadeiro pai ter-me-ia, pelo menos, beijado, teria chamado a mãezinha. Que tens, meu pai?

— Por mim, acho que farias melhor se jantasses com o teu verdadeiro pai. Seria mais divertida a noite.

— Mas ele há de chegar. Por fim, não pode deixar de chegar, preciso que a mãezinha também esteja presente, bem como o Franz, a quem vou já buscar. Todos.

Dito isto, Oscar empurrou a porta com o ombro, como se se propusesse arrombá-la, mas a porta abriu-se por si mesma.

Chegado a casa de Franz, cumprimentou a miúda senhoria com estas palavras: "o senhor Engenheiro está a dormir, bem sei, mas não faz mal". E, indiferente à mulherzinha, que, pouco satisfeita com a visita, andava, desnecessariamente, para lá e para cá, no vestíbulo, abriu a porta envidraçada, que lhe vibrou sob a mão, como se a tivesse agarrado num ponto sensível, e gritou, sem querer saber, para o interior do quarto que mal entrevia :

— Acorda, Franz! Preciso dos teus conselhos técnicos, Mas não posso ficar neste quarto, não agüentava; temos de ir passear, e, de resto, estás convidado para nossa casa. Avia-te!

— Com todo o gosto, — retorquiu o engenheiro lá do fundo do seu canapé de couro — mas por onde hei de começar? Levantar-me, jantar, ir passear, dar conselhos? Naturalmente ainda há mais umas coisinhas que não ouvi!

— Sobretudo, Franz, não faças graça! É o mais importante, tinha-me esquecido de to dizer.

— Esse prazer dou-to já. Quanto a levantar-me. Por ti, mais depressa jantaria duas vezes do que me levantaria.

Levanta-te, agora, nada de objeções! — e Oscar agarrou aquele homem fraco pela lapela do casaco e pô-lo de pé.

— Sabes que pareces enraivecido? Parabéns! Já alguma vez porventura eu te arranquei assim de um canapé? — E esfregou os olhos fechados com os dois dedos mínimos.

— Franz — continuou Oscar, cada vez mais sisudo. — Veste-te, anda. Não estou louco. Não te vinha acordar sem alguma razão.

— Também não era sem razão que eu estava a dormir. Fiquei de serviço a noite passada, e não pude dormir a sesta esta tarde, igualmente por culpa tua.

— Como?

— Bom! A falta de consideração que tens por mim começa a fazer-me zangar. Claro, és um estudante independente, podes fazer o que quiseres. Mas nem todos são tão bafejados pela sorte como tu. Sou teu amigo, é verdade, mas não me dispensaria da minha profissão por causa disso.

Exprimia as idéias sacudindo, para todos os lados, as mãos abertas, de dedos estendidos.

— Mas essa tua volubilidade não quererá dizer que dormiste mais do que a conta? — observou Oscar, que se encarrapitara nos pés da cama, de onde fitava o engenheiro, como se agora já tivesse mais tempo à sua frente. .

— Vá, vamos a saber: que é que tu, no fundo, queres de mim? Ou, antes, porque foi que me acordaste? — perguntou o engenheiro, e esfregou energicamente o pescoço sob o dossel, nesse momento de íntimas relações com o nosso corpo, depois do sono.

— Que quero de ti? — repetiu Oscar, em voz baixa, dando com o calcanhar uma sapatada no leito. — Muito pouco. Já to disse lá de fora: que te vistas!

— Se queres insinuar com isso que pouco me interessa o que tens a dizer, dou-te toda a razão, Oscar .

— Pois muito bem. Desse modo, a exaltação que te vai causar o que te tenho a dizer, consumir-se-á nas próprias causas, sem que a nossa amizade para aí seja chamada. Além disso, as tuas instruções serão assim mais nítidas. Preciso de instruções nítidas, não te esqueças. No caso de procurares o colarinho e a gravata, estão ali, na cadeira.

— Obrigado — respondeu o engenheiro, que começou a pôr o colarinho e a gravata. — Vejo que, realmente, se pode contar contigo.

NOTA:
    Este trecho é, sem dúvida, uma prefiguração do *Veridictum,* escrito apenas dois anos antes.

Tentação Aldeã

Um dia de verão, pela tardinha, cheguei a uma aldeia por onde nunca tinha passado. Observei, com espanto, que as ruas eram largas e espaçosas. Por toda a parte se viam, nas quintas, velhas árvores muito altas. Chovera, o vento era fresco, tudo aquilo me agradava. Fiz por mostrá-lo, cumprimentando as pessoas postadas à porta de suas casas, que me respondiam com amabilidade, mas não sem alguma reserva. Lembrei-me de que seria agradável passar a noite naquela terra, se conseguisse encontrar uma estalagem.

Na altura em que passava diante de um grande muro de quinta, todo coberto de folhagem, abriu-se uma portinha rasgada no próprio muro, de onde surgiram três rostos que logo desapareceram. A portinha voltou a fechar-se.

— Mas que estranho, disse eu, voltando-me para o lado, como se alguém me acompanhasse. — De fato, como para me embaraçar, estava a meu lado um homem alto, de colete preto, de malha, sem chapéu nem casaco, que fumava cachimbo. Dominei-me rapidamente e disse, fingindo saber que ele ali estava :

— A porta! O senhor viu também como a porta se abriu?

— Vi, — disse o homem — mas que há de estranho nisso? São os filhos do caseiro. Ouviram os seus passos e quiseram ver quem por aqui andava a estas tardias horas.

— Claro, a explicação é simples, — disse eu, sorrindo, — é fácil que tudo pareça estranho a um forasteiro. Obrigado.

— E prossegui no meu caminho. Mas o homem foi atrás de mim. Não me surpreendi com o fato, podia ir para o mesmo lado, mas isso não explicava porque havíamos de seguir um atrás do outro, e não lado a lado.

Voltei-me para trás e disse :
— Será este o caminho para a estalagem ?
O homem estacou e respondeu :
— Nós não temos estalagem, ou antes, temos uma, mas é inabitável. Pertence à comuna, mas como ninguém a quis comprar, a comuna cedeu-a há já vários anos a um velho inválido, até aí a seu cargo. Agora é ele quem dirige a estalagem, ele e a mulher, e de tal modo que quase se não pode passar diante da porta, tão empestado é o ar que de lá sai. Na sala, só se pisa lixo e porcaria. Que casa miserável! É a vergonha da aldeia; uma vergonha para a comuna.

Apetecia-me contradizê-lo; aquele seu ar, o seu rosto, sobretudo, instigavam-me a isso, — esse rosto magro, de faces amarelentas, tisnadas, moles, onde as rugas negras se deslocavam ao sabor dos movimentos do maxilar.

— Muito me conta — disse eu, sem manifestar grande espanto pelo que ele dizia. Depois continuei: — Pois é aí mesmo que me vou instalar. Estou decidido a passar a noite nesta terra.

— Nesse caso, com certeza, — disse o homem precipitadamente, — mas para se dirigir à estalagem, o caminho é aquele e apontava para o lado de onde eu viera. — Siga até à próxima esquina, e tome à direita. Logo vê a tabuleta da estalagem. É aí.

Agradeci-lhe a informação e, pela minha vez, passei-lhe diante, enquanto ele agora me observava de perto. Evidentemente que eu nada podia fazer, caso ele me tivesse dado uma falsa direção; no entanto, podia estar atento e não me deixar apanhar desprevenido, nem pelo fato de ele me forçar a caminhar na sua frente, nem pela prestreza com que se oferecera para me falar da estalagem. O certo era que qualquer outra pessoa me poderia ter indicado a estalagem, e, se fosse suja, que diabo, também era homem para passar uma noite com pouco asseio, desde que o meu espírito de independência se sentisse satisfeito. Aliás, eu não tinha por onde escolher: escurecia já, as estradas estavam ensopadas pela chuva e era longo o caminho até à aldeia próxima.

Já o homem ficara para trás e eu convencido de não mais me preocupar com ele, quando ouvi uma voz de mulher que se lhe dirigia. Voltei-me. Sob um renque de plátanos, uma mulher alta e direita emergira das trevas. Tinha reflexos castanhos amarelados no vestido e pelos ombros e cabeça uma mantilha negra, de malha grossa.

— Anda para casa — dizia ela. — Porque não vens para casa?
— Já vou — tornou-lhe ele, — espera, um pouco. Quero ver o que aquele homem faz. É um forasteiro. Por aqui anda, sem necessidade nenhuma. Olha para ele.

Falava de mim como se eu fosse surdo ou lhe não compreendesse a língua. Com efeito, não ligava muita importância ao que ele dizia, mas ser-me-ia, realmente, desagradável que ele espalhasse na aldeia falsos rumores a meu respeito. Disse, então, para que a mulher ouvisse :

— Ando apenas à procura da estalagem, nada mais. Seu marido não tem o direito de falar de mim nesses termos, e de a levar, talvez, afazer da minha pessoa um idéia falsa.

A mulher mal ergueu os olhos para mim. Dirigiu-se logo ao marido — acertara quando o julgara seu marido, ao ver os modos tão diretos, tão naturais, que havia entre eles — e pôs-lhe a mão ao ombro, enquanto dizia:

— Se deseja alguma coisa, dirija-se a meu marido e não a mim.
— Eu não desejo nada, — disse, furioso, ao ver-me tratado daquela maneira — não tenho nada a ver consigo; pague-me na mesma moeda, é tudo quanto lhe peço.

A cabeça da mulher estremeceu; ainda a pude distinguir, na escuridão, mas já lhe não vi a expressão dos olhos. Pareceu querer responder-me qualquer coisa; o marido porém, disse-lhe: "Cala-te!" e ela calou-se.

Aquele encontro parecia-me assunto definitivamente arrumado; voltei costas, decidido a prosseguir o meu caminho, quando alguém chamou:

— Cavalheiro! Era a mim, com certeza, que se dirigiam. Por instantes não soube de onde vinha a voz, mas logo descobri, por cima de mim, um rapaz que, sentado, de pernas caídas, no muro da quinta, entrechocava os joelhos e me dizia num tom indiferente :

Ouvi dizer que quer passar a noite na aldeia. Não tem onde ficar, a não ser aqui, nesta quinta.

— Nesta quinta? — exclamei eu, e, involuntariamente, ia relanceando um olhar interrogador (coisa que mais tarde me enfureceu) ao homem e à mulher que ali continuavam, muito juntos, a observar-me.

— É aqui — disse o rapaz; e havia arrogância na resposta, como aliás em toda a sua atitude.

— Têm camas para alugar? — interroguei, para ter a certeza e para obrigar o rapaz a compenetrar-se do seu papel de estalajadeiro.

— Temos, — respondeu, e o seu olhar já se desviara de mim, arranjam-se camas por uma noite, mas não para toda a gente: só para as pessoas a quem nós as oferecemos.

— Aceito — disse eu — mas, claro está, pagando a minha cama, como na estalagem.

— Ora essa! — volveu o rapaz, que estava olhando por cima da minha cabeça, sem me ver — o senhor não será prejudicado.

Estava sentado lá em cima, como se fosse o patrão, e eu, de pé, cá em baixo, como se fosse o criado. Sentia ganas de lhe atirar uma pedra para ver se o animava. Mas, em vez disso, exclamei:

— Então, abra-me a porta.

— Não está fechada.

— Não está fechada, — repeti, resmungando. Quase sem dar pelo que fazia, abri a porta e penetrei. Mal entrei, ergui, por acaso, os olhos para o muro, mas o rapaz já lá não estava; devia ter saltado para o chão, apesar da altura do muro, e naquele momento estava, talvez, a conferenciar com o casal.

Combinassem o que quisessem. Que poderia acontecer a um rapaz como eu, com pouco mais de três florins em dinheiro e, quanto ao resto, apenas com uma camisa limpa na sacola e um revólver na algibeira das calças? Aquela gente não tinha, aliás, aspecto de quem se prepara para roubar. Que poderiam eles querer de mim? Era um jardim mal tratado, tal como, por vezes, se vê nas grandes quintas, apesar do sólido muro de alvenaria prometer outro arranjo. Cerejeiras já sem flor, regularmente plantadas, emergiam de entre a erva espigada. Ao longe divisava-se a habitação do caseiro, prédio rasteiro, com rés-do-chão apenas. Escurecera, e eu era um hóspede tardio; se o rapaz alcandorado no muro me mentira, arriscava-me a uma situação desagradável. Pus-me a caminho e não, encontrei ninguém. Chegado que fui, porém, a uns passos da casa, vislumbrei, pela porta aberta do primeiro compartimento, dois corpulentos velhos, marido e mulher, que, sentados lado a lado, e de rosto voltado para a porta, comiam uma espécie de papa num prato. Não distingui mais nada na escuridão; havia só no casaco do homem qualquer coisa que reluzia, aqui e ali, como se fosse ouro; talvez os botões, ou a corrente do relógio.

Cumprimentei-os e logo disse, sem, no entanto, transpor o limiar :

— Andava à procura de onde passar a noite nesta aldeia, e um rapaz, ali no muro do vosso jardim, disse-me que, pagando, podia uma pessoa pernoitar nesta quinta.

Os dois velhos, que tinham pousado as colheres, recostados no banco, fitavam-me em silêncio. Como a sua atitude não era acolhedora, acrescentei:

— Espero que não seja errada a indicação que me deram e que não tenha vindo incomodá-los inutilmente.

Falei em voz alta, pois talvez fossem ambos um pouco surdos.

— Aproxime-se — disse o homem, ao cabo de momentos.

Só por ele ser tão velho lhe obedeci; de outro modo, ter-lhe-ia exigido uma resposta tão clara como a pergunta que lhe fizera. Fosse como fosse, acrescentei ao transpor a soleira da porta:

— Se o fato de me darem alojamento pode trazer-lhes alguma complicação, por pequena que seja, digam-me francamente, que eu não insisto. Vou para a estalagem, tanto me faz.
— Ele fala tanto... — disse a mulher em voz baixa.
Aquilo não podia ser dito senão no intuito de me insultar. Quer dizer, respondiam à minha delicadeza com insultos, mas, como se tratava de uma velha, eu não podia defender-me. E talvez fosse justamente por eu me não poder defender que a observação da mulher — à qual eu não ousava responder — agia em mim mais profundamente do que merecia. Sentia ali qualquer coisa que autorizava não sei que reproche, não porque tivesse falado demais (pois dissera apenas o estritamente necessário) mas por outras razões que se relacionavam de perto com a minha própria existência. Não disse mais nada, não procurei obter resposta, descobri um banco, perto, num recanto sombrio, e aí me sentei.

Os velhos recomeçaram a comer; uma rapariga surgiu dum quarto ao lado e pousou uma vela acesa em cima da mesa; Agora via-se ainda menos; tudo se contraía nas trevas, só a chamazinha vacilava, por sobre a cabeça dos velhos, ligeiramente inclinada. Várias crianças, provenientes do jardim, entraram a correr, uma delas estatelou-se no chão e começou a chorar, as outras estacaram e depois dispersaram-se pelo compartimento o velho disse:

— Ide dormir, meninos. Logo eles se reuniram; o que chorava só despedia alguns soluços. Um rapazinho, perto de mim, puxou-me pelo casaco, como se pensasse que eu devia acompanhá-los. Como, na verdade, me apetecia também deitar-me, ergui-me de onde estava e abandonei a sala sem dizer palavra, único adulto no meio das criança que gritavam "boa noite". O rapazinho afável levava-me pela mão, o que prometia orientar-me facilmente nas trevas.

De resto, em breve chegamos junto a uma escada, que subimos até nos encontrarmos no celeiro. Através de uma clarabóia via-se o fino crescente da lua e era uma alegria passar por debaixo dessa clarabóia — a minha cabeça quase a ultrapassava — e respirar o ar da noite, ao mesmo tempo fresco e tépido. Contra a parede, havia um monte de palha; não faltava lugar para eu me deitar também. As crianças — dois rapazes e três raparigas despiram-se entre gargalhadas, e eu deitei-me vestido; apesar de tudo, estava em casa estranha e não podia pretender que me aceitassem. Apoiado nos cotovelos, observei, por momentos, as crianças, que a um canto brincavam semi-nuas. Depois, tão cansado me senti, que pousei a cabeça na sacola, estendi os braços, deixei errar ainda os olhos pelas traves do telhado e adormeci.

No meu primeiro sono pareceu-me ouvir uma das crianças gritar: "Cuidado, lá vem ele!" e depois o galope miúdo dos seus pés em direção às camas penetrou-me na consciência já a dissolver-se.

Dormira com certeza muito pouco, pois, quando acordei, o luar ainda caía no chão no mesmo sítio, quase não se deslocara. Como dormira um sono profundo e sem sonhos, não compreendia porque acordara.

Foi então que vi junto a mim, mais ou menos à altura do meu ouvido, um minúsculo cão desgrenhado, um desses repugnantes fraldiqueiros, de cabeça relativamente grande e pêlos encaracolados, onde os olhos e a boca se encastoam com moleza, como se fossem pedrarias talhadas num pedaço de osso inerte. Como é que aquele cão, um cão de grande cidade, viera parar à aldeia? Que é que o fazia girar por aquela casa, em plena noite? Porque estava junto a minha orelha? Soprei como um gato, para o enxotar. Talvez fosse um brinquedo das crianças que se perdera e ali aparecera ao pé de mim. O meu sopro assustou-o, mas nem por isso se foi; contentou-se em dar meia-volta e ali ficou, em cima das suas patinhas torcidas, exibindo um corpo que parecia miúdo e raquítico, ao pé da cabeça enorme. Como ficasse sossegado, preparei-me para dormir, mas não podia; continuava a ver, mesmo diante dos olhos fechados, o cão que se balançava e os olhos que lhe saíam

163

das órbitas. Era insuportável. Não podia ficar com aquele cão ao pé de mim. Levantei-me e peguei nele para o levar. Mas o animal, até aí apático, começou a defender-se e tentou deitar-me as unhas. Decidi então agarrar-lhe as patinhas, o que não era difícil, pois me cabiam as quatro na palma da mão.

— Então, meu cãozinho... — disse, debruçando-me para a cabeça excitada, que sacudia os caracóis. E lá fui com ele, no meio da escuridão à procura da porta. Só agora notava que o cão era silencioso; não ladrava nem gania, mas eu bem o sentia. O sangue batia-lhe com fúria em todas as artérias. Alguns passos andados todo atento ao animal, não dava por nada — tropecei, com grande pesar meu, numa das crianças adormecidas. O celeiro estava agora completamente mergulhado em trevas, a clarabóia mal deixava passar um fio de luz. A criança suspirou. Fiquei imóvel, por momentos, sem mesmo retirar a ponta do pé, receando acordá-la com uma brusca mudança de posição. Demasiado tarde. Vi, de súbito, as crianças erguerem-se à minha volta, todas nas suas camisas brancas, como se tivessem combinado. A culpa não era minha: eu só acordara uma delas, e nem sequer a valer, com um toque ligeiro que mal abalaria um sono de criança. E ali estavam elas todas acordadas!

— Meninos, que querem? Toca a dormir!

— O senhor leva aí uma coisa — disse um dos garotos, e todos cinco se puseram a revistar-me.

— Pois levo — respondi eu, nada tendo que esconder; se eles quisessem pegar no cão, tanto melhor. — Vou levar este cão lá para fora. Não me deixa dormir. A quem pertence?

— É da senhora Cruster! — Pelo menos foi o que consegui perceber no meio das suas exclamações confusas, indistintas, entorpecidas, para seu uso mútuo e não para meu.

— E quem é a senhora Cruster? — perguntei, mas não recebi resposta das crianças que se agitavam. Uma agarrou no cão, agora sereno, e levou-o, correndo, enquanto as outras a seguiam.

Eu não queria ali ficar sozinho, aliás o sono fora-se; hesitei, por instantes. Dir-se-ia que estava a imiscuir-me demasiado nos assuntos daquela casa, onde ninguém me dera muita confiança. Mas acabei também por correr, atrás dos garotos. Ouvia-lhes o tropear mesmo na minha frente, mas, como a escuridão era completa e os caminhos desconhecidos, tropeçava amiudadas vezes. Cheguei a bater, e doeu-me, com a cabeça contra uma parede. Encontramo-nos, por fim, no compartimento onde primeiro vira os velhos, mas estava vazio; pela porta, que ficara aberta, distinguia-se o jardim banhado de luar. "Vai lá para fora" dizia para comigo mesmo, "a noite está quente e clara, podes continuar a andar e até dormir ao relento. É realmente absurdo ficar aqui a correr atrás destas crianças". Mas continuava a correr Não tinha eu, ainda por cima, deixado ficar no celeiro o chapéu, a bengala e a sacola? E o que os garotos corriam!

Atravessaram, num vôo, com as camisitas flutuantes, aquela sala iluminada pelo luar. Isso vira-o eu distintamente. Veio-me à idéia que, assustando os garotos, organizando uma corrida através da casa, semeando eu próprio grande ruído à minha passagem, em vez de dormir (os passos dos garotos descalços mal se ouviam ao pé dos passos das minhas botas pesadas), e ignorando, ainda por cima, que conseqüências adviriam de tudo aquilo, estava a agradecer condignamente àquela casa a pouca hospitalidade que lá recebera.

De súbito, uma luz viva surgiu. Diante de nós, num quarto onde se rasgavam várias janelas, uma mulher delicada, sentada a uma mesa, escrevia, junto a um elegante candeeiro de pé.

— Meninos! — exclamou, admirada; não me via, eu permanecera diante da porta, mas na sombra. Os pequenos pousaram o cão em cima da mesa. Pareciam adorar aquela mulher. Tentavam fitá-la nos olhos. Uma garotinha pegou-lhe na mão e acariciou-a. E ela abandonara-lha, distraidamente.

O cão ali ficara, defronte dela, em cima da carta que escrevia, e estendia-lhe a linguinha trêmula, que se destacava nitidamente diante do *abajur*. Os garotos, pedindo licença para ficar, afagavam com mimo a mulher, na esperança de a convencerem.

Ela parecia indecisa. Levantou-se, estendeu o braço e apontou para o único leito e para o chão duro. Mas os garotos não se importaram e deitaram-se no chão, ao acaso, nos lugares onde se encontravam. Por momentos tudo ficou silencioso.

De mãos cruzadas nos joelhos, ela olhava para as crianças, sorrindo. De vez em quando, uma delas erguia a cabeça, mas, ao ver que as outras continuavam deitadas, tornava a deitar-se.

A presente edição de O COVIL de Franz Kafka é o volume número 11 da coleção Obras de Franz Kafka. Capa Claúdio Martins.Impresso na Editora e Gráfica Líthera Maciel Ltda., Rua Simão Antônio, 1.070 - Contagem, para Editora Itatiaia, à Rua São Geraldo, 67 - Belo Horizonte. No catálogo geral leva o número 951/1B. ISBN. 85-319-0379-3.